# 橙果

CHENGGUO

刘露/著

济南出版社

图书在版编目（CIP）数据

橙果／刘露著 . —济南：济南出版社，2014.9（2024.2重印）

ISBN 978-7-5488-1961-5

Ⅰ．①济… Ⅱ．①济… Ⅲ．①济南市-2014-年鉴 Ⅳ．① Z525.21

中国版本图书馆 CIP 数据核字（2014）第 207285 号

责任编辑 朱向泓 朱 琦

封面设计 张婷婷

出 版 济南出版社（济南市二环南路 1 号）

网 址 http：//www.jnpub.com

印 刷 山东百润本色印刷有限公司

发 行 济南出版社

版 次 2016 年 1 月第 1 版

印 次 2024 年 2 月第 2 次印刷

开 本 787×1092 毫米 1/16

印 张 16

字 数 189 千字

印 数 1000 册

定 价 59.80 元

（如有印装问题，请与承印厂联系调换）

# 自序

刘　露

　　舞文弄墨，是我的一种爱好。

　　上中学时，偏爱语文，梦想着当一名作家。刚参加工作时，包村在最基层，经常吃住在农村，晚上住村委大院里，没事做，于是就把码字当作闲时的乐趣。或诉说身边的小生活、小情调，或记录经历的山山水水、一草一木，或抒发些内心的感慨、感悟。偶尔变成报刊上的铅字，于我亦是鼓励和鞭策。包村的那几年，度过了一段清简、充实、奋斗与快乐的日子。

　　几年后，进了城，单位换了，职业变了。岁月的风吹淡了许多青涩的记忆，然而，对于文字的偏爱，有增无减。后来买了电脑，学会上网，在文学论坛里担任过几年的版主。为了"在其位谋其政"，更是不停地码字。展开想象的空间，捕捉细微的灵感，絮叨着对生活的热爱，传递着版主的正能量。后来，论坛里的好多文友都成了真正的作家，苏三、河底、黄孝阳等，甚至有的成了名人，有的小说被改编后拍成电视剧。而我，依然在淡淡的文字世界里轻歌曼舞，随时光慢慢变老。

　　回望岁月，咀嚼生活，酸酸甜甜，是"橙子"的味道，是人生真味。人生有许多的经历、许多的足迹，许多过程要亲自去感受、去领悟。有的刻骨铭心，有的风过无痕。所有的"过程"都是生活给予我们的阳光雨露。梳理心情，整理文字，编辑成册，就当作我的孩子。那天，问我的孩子："给这本书取个名字吧。"答曰："就叫橙果。""橙果"，简单有味，不错。既有"成果"意，反过来又含"过程"，且与孩子的名字谐音。

　　人到中年，早已淡忘了作家梦，但是收获快乐、收获幸福、收获一个个或酸或甜的果实，是纵使时光老去也不言放弃的守望和追逐。

　　由于义字写作年代不同、风格各异，词曲任取，不具备专业水平，只为编织生活的多彩与美丽。

2015 年 9 月

# 目录
## CONTENTS

自序

**随笔** / SUIBI

3　一茶一知己

6　珍藏这一天

10　似"饰"而非

13　水晶心

15　美丽的乡下母亲

18　云

21　家有小儿初长成

24　学车琐记

26　养猫手记

41　岁月催人老

44　又见蜻蜓翩翩飞

46　晚安，日照

49　相遇在白云之上

52　爵色生香

55　成长的"烦恼"

58　童言无忌

62　美发行动

65　等车经历

67　童年的"年"

70　沂蒙煎饼

73　怀念一种芝麻灶糖

75　圣诞礼物

78　又将除夕

81　许个愿，又一年

84　好像花儿开在春风里

87　恋恋紫藤

90　相约牡丹

93　陪我一起看风景，好吗？

97　你在成长，我在变老

100　生日记趣

103　人海中遇见你

## 游记 / YOUJI

109　岁月留痕

113　如画婺源

117　迷雾庐山

121　"亲哈"之旅

127　乌镇，两个人的旅行

131　夏登塔山

135　行走在中原

153　黄金周里挤北京

159　梦圆云之南

173　造化无处不天堂

184　风雪大顶山

187　一程山水一程歌

195  感受摄影

199  读书的记忆

201  池莉印象

204  也说电影

207  想起杨丽萍

209  有一种爱情叫相濡以沫

211  指间流淌的爱与梦

214  给孩子一个和谐的成长环境

217  从培养情商开始

220  在高二家长会上的发言

226  在家长委员会上的发言

229  走出关爱的误区

232  人的潜能

234  折腾

237  心之旅

240  流年碎语

目
录

随笔

SUIBI

# 一茶一知己

古人说："酒逢知己千杯少"。其实这话经不起推敲。有人喜欢把酒言欢，有人却对酒精过敏。有人喝一斤不倒，有人喝一两便醉。酒是联络感情的纽带，但不是唯一的纽带。况且，"茶亦醉人何须酒"。酒，浓烈伤身；茶，淡雅清心。所以，"茶逢知己千杯少"，或许更贴切些呢。

最初爱上茶，是在朋友的办公室。偶然造访，朋友放下繁忙的公务，随手取出一包精致的金骏眉，倒入一盏透明的茶壶里。烧水、洗茶、泡茶，看着纤细的茶叶齐刷刷沉入壶底，约几十秒的光景，一壶纯净的茶水摇身变成了通透的金黄色液体，一股介于蜂蜜和烤地瓜的清香，很快在整个房间里弥漫。仿佛置身郊外的山野，看蜂蝶飞舞，看山花绚烂，无人打扰，独享清悠。遐想间，发觉茶水已缓缓流入面前晶莹剔透的玻璃杯中，等不及热气飘散，便捧起来，轻啜一口，唇齿留香。朋友再续水，茶的颜色则由金黄色转化为红褐色，茶叶也由最初的微卷慢慢舒展成自然的芽尖，色泽更诱人，味道更纯正，感觉更好。

看着朋友娴熟地操作这些并不复杂的泡茶流程，无论从视觉、嗅觉、听觉，还是味蕾触觉，都堪称享受。

思绪随着茶香起舞，隔着透明的茶具，我们漫无边际地聊天。过去、现在、未来，把盏轻笑间，顺手倒出一个或美好或感人的故事。茶叶舒展纤弱的身体，朋友释放压抑的心情。

随笔

3

让人愉悦的是，无论讨论哪个话题，彼此都能达成一致的观点，无论交流什么内容，都能心领神会、心意相通。如果在背景、阅历、学识同等的条件下，能达到这样的默契，或许算得上是顺理成章。如若有差异，还能这样心有灵犀，那便是难得的缘分了。细想，芸芸众生，能有几人可以做到推心置腹、心神交融，诉说起来千言万语不够，不说时，一个眼神便能懂得万语千言。

有些感受，只可意会，不可言传。有人遍寻千山万水，也难觅知音一二，有人却在品茶的氛围里，瞬间升华了这样一份至真至纯的友情。心田被情谊和茶香浸润着，没有音乐也荡气回肠。

于是，爱上茶，一发而不可收。

开始关注茶。茶有很多种，红茶、绿茶、花茶、清茶、白茶……红茶又有正山小种、金骏眉、大红袍、普洱等等。泡来泡去，并非对每一种茶都心生欢喜，或许因了那刻的心境，那刻的心情？终还是觉得那种玲珑的红茶，才配得上那种剔透的茶具，入眼入心，情有独钟。

人亦形形色色，风度、气质、修养、内涵，不同的品位，不同的理念，注定有着不同的人生。

人不必分好坏，却注定要讲究个"缘"字。有的人满腹经纶，却话不投机半句多；有的人恍如前世便相识相知，一见面就想畅所欲言，或者，即便什么也不说，隔着远远的人群，只是一个微笑的眼神，就足够回味一生。默契到天衣无缝。其实每个人都如一本书，只是有的厚重，有的浅薄。厚重的书往往内涵太高深，令人望而生畏，需要同样智慧同样悟性的人去解读，方能与之匹配，产生共鸣。否则，会越读越乏味，越读越疏远。

品好茶，要用心，观色闻香把握火候，领悟自然造化之道，才能品出真味。

品知己，更要用心，设身处地站在对方立场去思考问题，不断提升自身修养境界，才能传达默契、友情和温暖。

品好茶，是享受生活；品知己，是享受人生。

茶逢知己，永无倦意。

2012.7

随笔

# 珍藏这一天

今年的春天好像来得特别早，也许是因为这个冬天实在是太干冷太漫长了。Ｆ宝说，双鱼座的女人善良而敏感，专一又多情。所以即使窗外的白雪还没有彻底消融，我老人家亦如少女怀春般，心里早有春的气息在弥漫了……

这一天，总是有人提醒我不要忘记，这一天，总是让我恍然回首追忆似水流年，这一天，也总是有人带给我许多惊喜与温暖。这一天，是我的生日，尽管一年复一年过得有些惊心，可这是母亲把我带到这个世界的时刻，多么值得纪念。

今年这一天恰逢周末，早上还没起床，就打开老公新送的步步高音乐手机，聆听儿子帮我下载的最喜欢的几首歌。儿子一大早出去打篮球了，老公在厨房里忙碌，我沉浸在张杰的深情演绎里，"这世界那么大，我的爱只想要你懂，陪伴我无尽旅程……"歌声很美，歌词很动人。一米阳光第一个发来短信：不仅要今天快乐，每天都要快乐。还拍了一束亲自培育的白菜花发来，娇艳欲滴。只要热爱生活，即使是普通的白菜花，也可以养得如此雅致。我知道，这是你的爱，你的善，你的心，你所有的美好生出的根芽，绽放的花儿。想起前几天为我刻意准备的生日报，还有Ｆ宝用各类豆子为我精心制作的生日树，备受感动。面对如此用心的给予，除了珍惜，无以回报。

正要起床时，办公室打来电话，通知上午11点左右召开主任会议。洗涮，早饭。为了配合一下春天的气氛，还特意打扮了一下，之后带儿子去唱了一个小时的歌。儿子的歌声酷似张杰，长得也有点像，但我希望儿子能唱出自己独有的味道。就像阿强、小刚、刘欢，只听声音便知是他。儿子爱好音乐，已有原创歌曲《校园手记》，他说正在创作的"班歌"即将完工，到时唱给我听。看着儿子那么自信、快乐，很欣慰。

单位里的会开得有点晚，一直到中午 12 点半才结束。最高首长要求一起共进午餐，我悄悄撤退。那爷俩在家里专门为我准备了生日宴，回家是必须的。老公的手艺一般，但是热情蛮高，大大小小弄了近十个菜，还包了我最爱吃的素三鲜水饺。儿子为了展示自己跟女同桌学到的厨艺，用蜂蜜、香蕉、鸡蛋等烹制了一种饼，上面还写着"生日快乐"字样。我品尝了一下，味道不错，儿子说不够完美。老公叨叨着水饺馅里忘记放一种重要的东西，又故弄玄虚不告诉我们是啥，讨厌。不挑剔了，我的大好青春年华都奉献给了面前的这两个男人，还有什么比似水流年更值得计较呢？此刻的心情，无须表达，自然、简单、温馨，一如这个春天。你在时，你是一切，你不在时，一切是你。

下午，立在窗后目送老公带儿子去学校。车刚启动，就听见手机铃响，是儿子的短信："其实我原本是想留下点什么的，可实在是想不出有什么可以当作礼物，可以几十年后都依然美好。我想做一个精致的蛋糕，我们不吃留着做纪念，可实在难看。难看也就罢了，还难吃。花呢，花是最能表达心意的东西，可我不想买花，我嫌它美好却短暂。那我该给你准备什么，我不知道。昨晚我还信誓旦旦地要早起，给你发今天的第一条生日短信，可是我忘了。现在说还来得及吗？妈妈生日快乐，我爱你。"我猜一定是 F 宝那么用心的礼物给儿子制造了个小压力，这傻小子！我回复："你就是上帝送给我的最精美的礼物！"

时间在不同的空间流逝，讓這個值得珍藏的日子……見證你人生長路每個閃光的足

感受生命之初，见证历史精彩

生日报

历史上的今天
Today On History
您出生当天的原版老报纸

在这个只属于您的日子里，送上一份特别的贴心祝愿您生日快乐，岁岁年年

手机里收到十几条关于生日的祝福短信，QQ上也有几位好友惦念着，或问候或贺卡或礼物。情意绵绵，让人心生感念。

生活中比较亲近的人，温情如初，客气依旧。春风同学前一天晚上就把"神秘礼物"送至楼下，让儿子出去接应。这么多年来，你忙于家事国事却一直记得。真怕成了你的负担，但愿你能忽略呵。小妹知道我喜欢甜食，周末让儿子给我捎回来一盒德芙巧克力，蓉蓉丫头还亲手制作了一张贺卡。办公室的美女，悄悄在我抽屉里放了一盒阿尔卑斯奶糖，让我惊喜了一下，非常甜蜜6+1。同居2个月的女友萍姐，也送来一条围巾，很惭愧我差点忘了我们曾朝夕相处甚至没有秘密。这种既浓郁又淡泊的情谊，让我真的很感动且感激。

与念丫相知多年，虽然缘于网络，但我们的惺惺相惜与相互牵念，经过岁月淘沙，积淀下来的都如金子般珍贵。这些年，一直有你精选的CD相伴，给予我那么多厚重和温暖的满足。

感谢缘分，让我们在人生的旅程中有如此美丽的遇见。有些遇见，即便从不曾看清彼此的脸，也不觉得遥远。有些遇见，偶然的交会，却在彼此心里刻下绚美的印记。与你们，便是如此。

晚上给老妈打电话。姐姐和妹妹一家都回老家了，原以为我也回家一起庆祝呢。老妈念着我的生日，问我过得是否快乐。我说很快乐，老妈便开心。真想对母亲说，唯愿岁月静好，母亲安康。

不论亲情、爱情、友情，总有多付出的那一方，有时候是他人，有时候是自己，说也说不清。我在乎你，是我的心；你纵然疏忽或者漫不经心，于我也没什么，我依着我的心就够了。就像一首歌里唱的："我爱你，这和你没关系，只要你过得幸福，就让一切随风去……"喜欢这样的感觉。

儿子说，幸福就是猫吃鱼，狗吃肉，奥特曼打小怪兽。反正这样的日子，我觉得特别幸福。

时间在不同的空间静静流逝。看着亲爱的女友送的礼物封面上写着：珍藏这一天。怦然心动。于是随意码几个字，珍藏这一天，念我们一同走过的似水流年。

随笔

2011.3.6

9

# 似"饰"而非

　　因为心情或者为了心情，姑娘爱花，小子爱炮，老头偏爱一顶新毡帽。而我，唯独对琳琅满目的女性饰品中的玉镯有着莫名的好感。

　　最初爱上它缘于一道多年前的风景。在一次普通的聚会上，一女友云鬓轻挽，肤如凝脂，着一袭白色长裙，气定神闲地落座，随后一双素手轻轻地斜放在膝边。于微黄的灯光下，我一眼看见了她皓腕上的那只翡翠玉镯，光泽柔和，温情脉脉，且无喧宾夺主之嫌。就是这只小小的玉镯，霎时便烘托出一股软玉温香来……无疑，拥有这种气质的女人是"温暖"的女人，给人一种温度感，让人备感亲切，其境界要高于"温柔"。从此，我便渴望着某一天也能得到一只适合自己的玉镯贴身相随。

　　恰恰姐夫是某玉器公司的老板，经常耳濡目染，所以姐夫对玉器的鉴赏比较在行，那年回老家时他便精挑细选了一些玉器带回来，于是我们家每位成员都因此有了至少一件玉器。自然而然地，我便拥有了一只精致漂亮透明的翡翠玉镯，据说还是玉中之上品，遂爱不释手，且了却一个多年心愿，令我喜上眉梢。随后抹了香皂，小心翼翼戴到腕上。咦？越看越觉得哪里不对劲，原来，是它那脆脆的祖母绿拒绝我这偏黄偏瘦的手腕，肤色若压不住它的冷色，就显得苍凉。那样的绿，只适合雪白的肌肤、浑圆的手腕，才能相得益彰，才

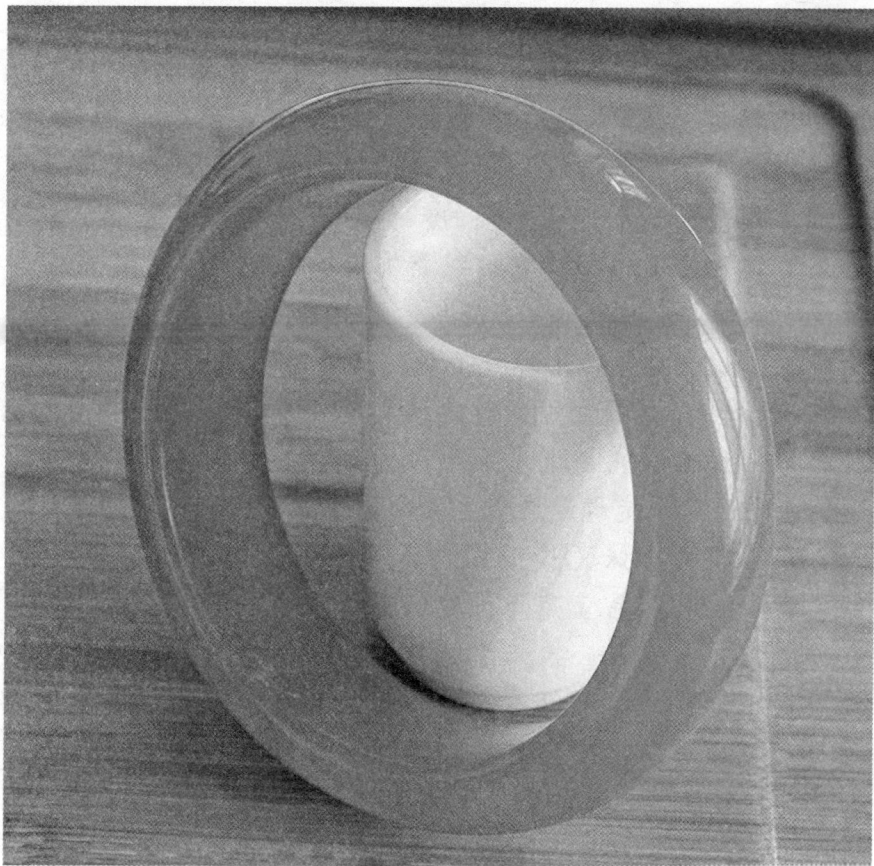

能奏出和谐之音韵。无奈，我只好把它悄悄收藏起来，等待一个适合它的人在我身边出现，然后赠送给她，而心底那份爱它但与之无缘的遗憾却久久挥之不去。

后来姐姐的女儿给我重新捎回一只玛瑙玉镯，再次抹上香皂试戴，哇！总算与玉有缘。这只"俏色"玉镯在我的腕上竟也生起辉来，其色、型、款，皆让我一见倾心！瞧，它的温和、雅致，同生活贴得那样近，不把你单独孤立出来，有种踏踏实实的舒服。对于一个追求完美而实际不完美的人，踏实感是非常重要的，我想。

按说用在手上的饰物有很多种，之所以痴痴地喜欢玉制品，是因为玉之美主要在于其质料自然，蕴含人文美。玉石吸收万物之精华，凝结着一个民族的精神，它有着深厚的文化和

随笔

独特的内涵，它是不可以单纯地以价值来衡量的，要不人们怎会习惯于将一切美好的东西以玉喻之呢？此等美丽的石头，总会煽动起人们丰富的想象力。根据翡翠及玛瑙的颜色、形状，便有了一些神奇的传说及动人的故事。不管传说是真是假，我相信，玉是有灵气的。你若有机会可以仔细观察一下，随着时间的推移，它的纹路亦会悄然发生变化，或变得更清晰透彻，或滋生出更多花纹，形似龙、水、云，谓之宝石，此言不虚！随身佩带，既可把玩，又能寄寓驱邪纳福之美意，并且玉石含有的微量元素对皮肤具有保养作用。经常与之肌肤相亲，我相信它会记录下生命的过程，并同主人一起慢慢变老，那么它一定也浸透着主人的灵魂以及思想吧。

春节前，小妹又从玉石之产地专门为我选了一只玉镯，颜色青白柔和，晶莹亮泽，玲珑剔透，令我煞是喜爱。戴上它的感觉非常曼妙，抬起手腕细细地看了又看，忽觉得，这只玉镯带给我的，不仅是一种心情，还是一种品位，更重要的是，每每端详它便会有种暖洋洋的感觉漫过来，像天鹅的羽毛一样轻轻地在我的心上一遍遍拂过……

适合并懂得欣赏，也是一种缘分。缘分足以带来幸福的感觉，于是快乐就这样丰盈在我的一颗平常而又善感的心里。因为缘分，因为心情，它愈显美丽。日子久了，玉镯渐渐成为我身上的一部分。

2003.2.8

# 水晶心

——这世间，总有一种感情是揉不进任何烟尘的，因为这种情源自一颗颗高贵而圣洁的心。

周末，我们正驱车驶在回老家的路上，刚行至一处偏僻路段时，天忽然阴沉起来。夏天的天气总是说变就变，早晨还晴朗着呢，这不，现在开始落雨点了，空气中也有了丝丝凉意，路上的人立时现出行色匆匆之态。这时，前方有一对骑踏板摩托车的母女，进入我的视线，只见那位年轻的母亲停下车，毫不犹豫地脱下身上的外衣给小女孩裹在身上，然后自己露出一件贴身吊带小背心来。车行至她身旁时，我有意识地看了她一眼，她的神情里似乎有着一丝不好意思的羞涩，但更多的是一种淡定。为了这荒郊野外气候突袭时不至于冻着孩子，她只能这样做了。我不由冲她微微一笑，只有我知道，那笑里没有丝毫轻视或不屑，而是包含了一种由衷的钦佩之情，为她的急中生智，为她的爱高于一切的不凡之举。

回到家中，母亲用压力锅煮了满满一锅我们最爱吃的东西，已熟的时候，我伸手欲从炉子上把锅端下。此刻，母亲赶紧走过来，对我说："你端不动，我来！"我愕然，一种似曾相识的情节再次击中了我，一股暖暖的感觉迅速在体内膨胀。我什么话也没有说出来，我怕话语一旦出口我会流泪。原来，在母亲眼里，我依然是那个弱不禁风的女儿，尽管我早已长大，

随笔

早已做了人母，尽管母亲黑丝已染白霜腰身倦得不再挺拔。在母亲心里，呵护孩子是一生一世的本能，是任何世俗的东西也改变不了的，一切浸透着爱的言行都乃自然天成的。

我想无论是谁，都曾被这样一种最真的情所感动过，不是吗？许多时候，从母亲身上脱口而出的一句话，或者不经意的一个动作，皆隐含着一份无私无限又神圣的爱，不带半点矫情与做作，展示的分明是一颗超脱于生活之外的纯净的心呵！

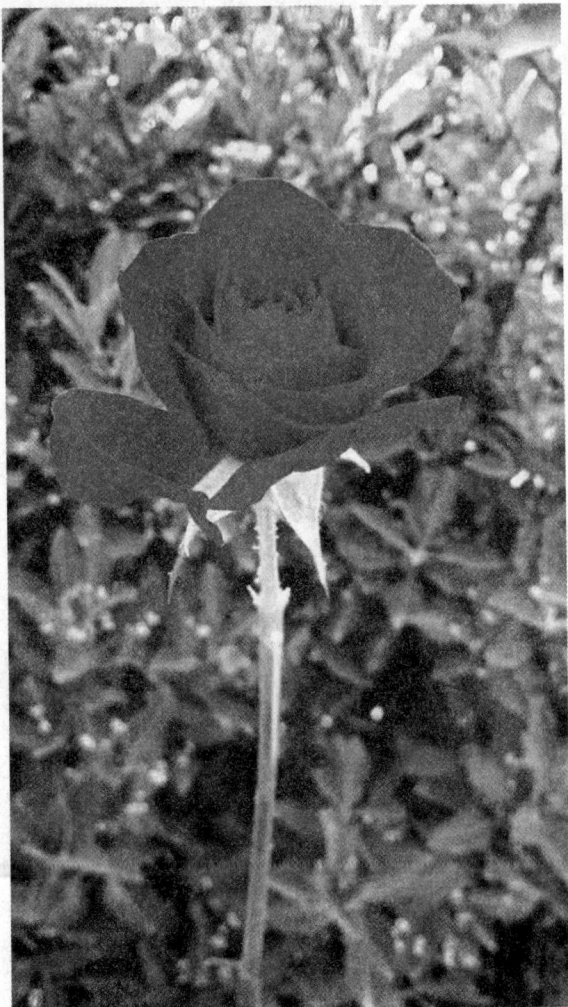

你见过水晶吗？滤去世俗的琐碎，从混浊状态中游离而出，将生命的沉重化作淡淡一笑，变得明朗而温润、简洁而剔透、高雅而宁静，任何灰尘也无法侵入她的体内，轻轻一拂便光洁如初，那便是母亲的心！

2003.7.20

# 美丽的乡下母亲

　　母亲年轻时，在十里八村算得上是个美人。

　　年轻时的母亲长得眉清目秀，灿若桃花，身材高挑，举止落落大方，一对长长的发辫垂在身后，煞是好看。母亲不只外表美，而且心灵手巧。母亲五岁时没了娘，过早地懂得了生活的艰辛，很小就学会了针线、裁剪、缝纫等，家务活样样做得精致。尽管当时为我母亲提亲者络绎不绝，但是外公却没答应任何一家。外公心中早已有数，他在走南闯北做生意的过程中结识了同样做生意的我爷爷，就这样她嫁给了我严肃的父亲。

　　从一个屋檐下到另一个屋檐下，并非想象的那样简单。十九岁的母亲曾像佣人一样，遭受着来自婆婆、小姑的无穷的折腾。做顿饭都得问好几遍，稍一不合口味，小姑就"吹胡子瞪眼"使性子。自从过了门，母亲总是起早贪黑，有着做不完的活。母亲说，她基本上是在烙煎饼或推磨的过程中，忽然感觉腹疼便生下了我的哥哥或姐姐，生完孩子再继续将活干完。母亲一直很庆幸离娘家远（外公家在另一个县里），无论受多大的苦也传不到亲人的耳朵里，母亲不想让娘家人为自己牵肠挂肚。

　　单亲家庭长大的母亲，更懂得什么是善良，知道怎样算冷暖。"人是敬怕的，没有吓怕的；吃亏是福；受得苦中苦，方为人上人……"母亲身体力行，同时教育着子女。母亲喜欢听评书，不仅从中知道了许多做人的道理，而且还记住了许多成套成套的理论。正是故事中的一些信念支撑着母亲要好好地活，好好地培养孩子，"不争馒头也要争口气"。日久见人心，正是母亲始终如一的不俗表现，赢得了周围人的爱戴，也奠定了母亲在这个家庭中的主导地位。

母亲热爱生活，总是将平凡的日子过得有滋有味。母亲会裁剪、缝纫，针线活做得好，即便在清贫的岁月里，我们兄妹也能穿一身整齐、合体的衣服，哪怕是大改小的。母亲说"人活一辈子不容易，邋邋遢遢是一辈子，干净利索也是一辈子。咱为什么不好好地活呢？"

母亲会做一手好菜，她讲究色香味，喜欢创新，这在相对闭塞的农村是很少见的。母亲善于琢磨，制作出一种酱，用它炒出来的菜风味独特，香飘街巷。因此，常常会无端地思念母亲做的菜，想着想着，便被那悠长的香味牵回了家。

母亲富有生活情趣，习惯将院子里拾掇得温馨舒适，极喜养花。走到家门口，首先映入眼帘的是一个漂亮的花池，中间以梅花型图案的水泥坯砌成一圈，上部是平面，可以放花盆，里面种植着各种月季、芍药、鱼香、栀子等，令人赏心悦目。母亲说"进门望见花，必定是一家"，还是颇有几分哲理的。

母亲心态平和，宠辱不惊。艰难的岁月里，母亲从没向生活低过头；可以扬眉吐气的今天，母亲也从未得意过。现在子女都成家立业了，又开始打扮母亲，从唐装到羊绒大衣，从裙裤到火红的围巾。

从外观上也许看不出母亲年轻时生活得多么清苦、艰难。只有从那双结满老茧的手上，才可以读出这许多年来母亲的辛酸、劳累与历经的沧桑。多少次，我身不由己给母亲买来护手霜，想让母亲好好保养一下那双让我心疼、心酸的手，可是母亲却不习惯用。一是至今每天仍要起来坐下闲不住，一会想起洗这，一会又想起洗那，涂了也是白涂；再就是也闻不惯那香味。也罢，粗糙却彰显勤劳的手，何尝不是美的另一种体现？

　　如果你有机会走在我故乡的大街上，看到一位七十岁左右的老太太，衣着干净整洁，似乎还有些新潮，红光满面，慈眉善目，中等身材，略有发福，左手腕戴一只祖母绿玉镯，无论手里提着多重的东西也不放弃优雅的步履，无论遇到怎样的陌生人都保持着友好的态度。那么，她一定是我的母亲！

2003.5.9

随
笔

# 云

云是我的小妹。小妹比我小两岁。在兄妹中她虽然排行最小，但一点也不娇气，相比之下倒是我这个姐姐娇气了些许。所以我一般没勇气叫她妹妹，而叫她云。

云白净、漂亮、体质极好，基本上是母亲的翻版。我则不同，"黑瘦呼拉"（当地方言），又弱不禁风的。母亲常说，我小时候吃"猫食"，一直食欲不好，面黄肌瘦的，浑身没有四两劲，能出脱成如今的"人样"真是难得。记得很久以前，老家的院子里有台石磨，隔十天半月的就要磨一回大豆做豆腐吃，如果让我磨，转不上几圈就开始头晕，云却做得相当轻松；还记得那时差不多每周烙一次煎饼，基本上安排在周末，并且天不亮就得起床做，母亲曾叫我几次帮着烧火，结果几次我都晕倒在灶前，只好再叫云来顶替我。后来，母亲干脆不叫我了，有事直接叫云，省得我一旦晕倒还得带我去打针拿药的，麻烦！鉴于童年、少年时期的这种实情，家人们自然都让我三分，有点家务活一般不支使我，遇到我认为可口的，大家都不舍得吃而给我留着，我便心安理得地享受"最惠国"待遇，虽然在云面前偶尔也觉羞愧。但云从不计较这些，表面上她叫我姐姐，实际行为上可是把我当作了妹妹的。谁让我吃得比她少、长得比她瘦、个头比她矮、隔段时间还要病上一场呢？

至今我不知道云是否也胆小，但云知道我胆小，一到天黑就不敢出门。那时我们俩睡一张床，我不敢在边上睡，她就让我睡靠墙的一边。每每遇到起夜的困扰时,看看云睡得很香,便不忍叫她，就坚持着，实在坚持不下去时，也狠狠心摇醒她，且伴随着一种请求的语气对她说："云，陪我出去一下吧，我怕黑。"此时还不忘附加上一句自以为比较讨好的话："你夜里想出去时，我也陪你哦。"云根本不理会我的话，揉揉眼睛就跟着我出去。记不清这样的情节重复过多少次，只记得云在夜里起来时从不叫我，而我竟然至今未问过她是否也害怕。等到良心发现欲问的时候，云已经距我有几千里之远，成了一朵天边的云。

上中学时，云的身材同我差不多，她只比我略胖一点，略高一点。无论母亲还是兄姊，给我俩买衣服时只有颜色的区别，没有款式型号的区分。奇怪的是，妹妹总是先问我喜欢哪一件，然后她要另一件。印象最深的一回，有一年二哥去北京出差，专门为我和妹妹买了两件滑雪衫，一件蓝色，一件枣红，大小当然一样。当时我在学校里，云在家里，她完

随笔

全可以先挑一件穿的，但她没有。直到两天后我回家，云让我先选，我一眼便看中了蓝色的那件，云便穿了枣红的。我知道云穿哪件都好看，待我渐渐觉悟后，我才想起云穿蓝色的其实更好。可是，她为什么总把选择权让给我呢？我身为姐姐怎么可以那么自私呢？现在想起这些，隐隐觉得不安。

后来，不知云是为了摆脱我这个自私娇弱的姐姐，还是为了远走高飞证实一下自己，或者是怀着另一种崇高的目的，她报考了新疆的大学，并被录取。从未出过县城的她，第一次出远门就独自乘坐飞机（我第一次出远门还是大哥送的呢），一下子踏上另一块距离家乡数千里的全新而陌生的地方。那一年，她十八岁。谁知这一别竟是多年。她知道回家一趟不容易，中途换车需 N 次不说，只那来回数千元的路费对当时的她来说就是个心理负担很重的数字。云也好强，不想轻易接受哪怕是来自亲人的资助。在每一个暑假、寒假里，云都帮人做家教，挣的钱基本上能够支付自己的学费。这不能不让我汗颜。我们兄妹从考学的途径中走出来四人，只有云是通过自己的努力赚取学费。云说，正是那一次次的家教生活，才丰富了她的内心，才提高了她适应社会的能力。云还说，她也曾后悔自己的选择，也曾一个人孤独地想家，想家的时候就看着月亮流泪……当初我们都盼着云毕业后能分配回来，那年恰又遇到当地一所重点中学的校长亲自去要人，并且直言就要云这样的优秀生，如果云愿意，云心软被感动，并为此留下。两年后，又遇见爱情，云心里渐觉踏实，终于在那里滋生了家的感觉。

年年青草绿，岁岁雁南飞，捉摸不定的唯有天上云。如今，我亲爱的小妹又如云般飘回故乡，时间改变了她许多，但如云的本质依旧，自然、飘逸、美丽，从内到外。

2003.7.9

# 家有小儿初长成

女人可以有很多方面的追求，但孩子却是她最好最重要的作品。事业再成功的女人，如果在教育孩子上失败了，也会有着无法弥补的憾失。于是，做了母亲的我，也在诚惶诚恐地努力着。

自从天使般的儿子落户我家，我的生活一下子变得忙乱而充实起来。偶尔出去购物，也是匆匆而回，从不敢懈怠，因为儿子已成了我的重心，我最深的牵挂。即使走在大街上，每每听到有童声喊"妈妈"，我都觉得由衷地亲切！总以为是儿子甜甜的声音又飘到我柔柔的心底。呵，做母亲的感觉真好！

眼看着儿子一天天长大起来，和许多母亲一样，我也想努力把儿子培养成一个人见人爱、聪明懂事又兼绅士风度的男子汉，所以，我准备对儿子实施一套"行为规范教育"。比如首先要站有站相、坐有

坐相，外表要保持干净整洁，注意形象美；比如吃饭时不能看电视、不能说话，写作业时要专心致志；比如吃东西要学会分享，不能吃独食；比如每天要练习珠心算，学三个生字，还要试着阅读一些书，等等。

然而，儿子小小年纪"狡猾"得很，对于我的一套自以为得意的计划，他总是"上有政策下有对策"，有时我反而被他说得哑口无言。在日常生活中，免不了让我尴尬与被动。

有一次，他不想学珠心算，想出去找小朋友玩，我不答应，儿子一脸认真地问我："妈妈，你喜欢我吗？"

我故意说："有点不喜欢。"

儿子说："你不喜欢我，就是不喜欢你自己，因为我是你身上掉下来的肉。"

"呵呵，好你个臭儿子！"

"臭儿子的妈妈肯定也是臭的！"儿子的逻辑。

"好啊，你敢斗胆犯上，不打你PP你就不知道'马王爷长着三只眼'！"我抬手作欲打状。

这时儿子莫名其妙地问我："妈妈，你爱你自己吗？"

我不知是计，脱口而出，"当然爱了！"

"爱孩子就是爱自己（广告语）！你首先要爱我，不能老是让我干这干那的。"

"我让你学习就是不爱你吗？"

"可我太累了，我想休息一会嘛！"

看他一副可怜兮兮的样子，我于心不忍，只好说："嗯，好吧，先放你一马，下不为例哦！"

一个回合，我就顺从了儿子。

不过，儿子的话也引起我对教育孩子重新进行思考。现在许多家长都把自己年轻时不能实现的梦想寄托到孩子身上，孩子生活得像块压缩饼干，少了应有的童真和快乐，这对孩子来说，是不公平的。站在孩子的角度想一想，父母只能给做一些必要的正确引导，孩子的未来还是应该由自己去掌握。

看看一年级的儿子就背上如此沉重的书包，又学英语又学计算机的，实在是不忍再给他压力，想玩，就玩个痛快吧。

顽皮的儿子，也常常用他单纯的言行，不经意地塑造着我。

由于多年来从事文字工作，2000年家里就买了一台电脑，刚开始学会上网，很投入，甚至有点迷恋。业余时间除了上网灌论坛，就是敲打些小文，最近又沉迷于网络小说而不能自拔，总觉陪儿子玩的时间明显少了。昨晚，儿子对坐在电脑前的我说："妈妈，你要是不挣钱就好了。"我愕然："为什么？"儿子说："没有钱，我们家也就买不起电脑了。"接着，儿子又说了一句话，一下子提醒了我，他说："我看你还是把电脑当作你的儿子吧！"我一时无语。当事者迷旁观者清，看来，我在电脑上呆的时间是有些长了。我立马点击退出，关机。洗刷完毕，我微笑着对儿子说："来，儿子，妈妈给你讲故事！"

2002.10.19

随
笔

23

# 学车琐记

一直期待着与方向盘亲密接触尝试驾驶的感觉，又一直没抓住"有教练、有闲车同时又有心情"的先决条件（当然我说的闲车最好是吉普车。据说只要学会开吉普，再开其他车就简单了）。终于，在那个悠闲的春日周末，老公说："今天我教你学车！"激动之余我就起了个"大早"，八点钟吃饭，八点半就坐进一辆吉普车的驾驶室里。

老公也非专业司机，但有驾驶经验，总比我强，于是"就地取材"，临时充当起我的"专职教练"。"教练"首先让我对车的构造有了个基本的认识，然后说："左脚离合，右脚刹车、油门，起步用1档，之后换2档。"至于对方向的掌握，我还是有一点基础的，毕竟常带着儿子去儿童乐园开游艇及碰碰车嘛，那原理大致相同。所以，对我这样的学员不用太费劲，"教练"就让我大胆地往前开。踩离合——点火——换1档——轻踩油门——松开离合——车子起步。

还好，不算太复杂。人家既然能造出车来，咱有什么理由学不会使用？我这样想着，学起来就格外用心。在一块空场地跑了几圈，就找到感觉了。心里有了底，胆子自然就大了。在老公的亲自坐阵英明指挥下，我将车开往一条行人较少的偏僻道路。"一定要眼观六路耳听八方，遇到紧急情况就要松开油门踩刹车"，"拐弯前先打方向灯，拐过后方向灯自动恢复"，"教练"不时地唠叨着。我手忙脚乱地随口应着。

初尝驾驶兴趣浓厚，忘记了疲惫，时间也过得飞快，眼见该午饭了，只得返回。看我一个新手对方向盘的感觉还算开窍，老公假惺惺地总结："开得不错，主要是我这个教练指导有方。回家给教练做点好吃的慰劳慰劳吧？""Sorry！我实在是太累了，做饭的事还是教练全权受理吧，做啥吃啥，我就不挑剔了。"这时才觉得两只胳膊发酸，但是初次试车的成就感超过了身体的疲劳，所以内心是充满快乐的。

第二天，我决定到城外的乡间公路去操练操练，儿子也坚持要坐"妈妈开的车"，这下子又多了一位"陪练"。

有两位男士在车上壮胆，我轻松地慢悠悠地将车子驶出城外。在乡间公路上基本没有交岔路口，眼睛就相对放松点了，不用"目测"一下左边"扫描"一下右边的，只要看准前后就OK。儿子一路上可是没闲着，一会通知我，"后面来辆汽车"，"又来辆摩托车"，一会说，"妈妈你开得有点慢，换档吧"，一会又提醒我，"妈妈你踩刹车时可别踩了油门"，嘿，听这口气俨然半个教练嘛！老公嘻嘻笑着："看来谁都会指挥。瞧咱儿子多专业！"

开得稍一顺手，就想变换花样。前面没人时，我就喊一声："同志们坐好了，我要加速！"儿子就高兴地附和着："加速吧！"我笑问儿子："坐妈妈开的车，感觉怎样？""感觉很好！"这小子对"新手"还没有概念，竟没有一丝胆怯，正新鲜着呢。

在乡间公路上窜了近百里路，首战告捷，凯旋而归。见到同住一座楼的小朋友，儿子便兴奋地宣传："我妈妈会开车了！"晚上，我看到儿子在日记里写道："今天，我陪着妈妈学车，妈妈的车开得很好，我真高兴！只是在下坡时，差点没刹住车，吓了我一跳……"瞧，儿子比俺这爱车一族都狂热起来了！

剩下的难题就是倒车了，我试着倒了几次，怎么也找不着感觉。下次练车，我准备将倒车作为主攻项目，就不信学不会！

2003.3

随笔

# 养猫手记

## 一　猫话

住在我家楼下的主人养了一只老猫，半年前生下两子两女，我儿子常去他家玩，见到猫仔甚爱，便央求我抱养一只。其实我也是蛮喜欢小猫小狗的，只是养起来麻烦多多。在儿子拉着我去参观了那几只可爱的小猫咪后，我已喜欢得无法拒绝了。满月后，其中一只懒懒的有着圆圆的眼睛、黑灰相间毛色的小女猫就成了我家的一员。

初来我家，咪咪想妈妈，时不时地呜咽一阵，不吃不喝，似有绝食倾向，而猫妈妈也在那家里到处寻找她的孩子，有时在门口还发出几声戚戚的呼唤。我心下不忍，欲抱咪咪见一见她妈妈，而那家主人说，不能让她们母子相见，总要有一段适应过程，到时自然会好。再说猫妈妈此时正凶，若知道是我抱走了她的其中一个孩子，她肯定会抓我、咬我、仇视我。我可不想"树敌"太多，建立一份融洽的人际关系很重要，同动物之间亦然。所以，我只有在心里向猫妈妈说道："抱歉，我会照顾好你的孩子的，像对待自己的孩子一样。"说心里话，看到咪咪不吃饭，我比她妈妈都着急。后来，在有经验的人的指点下，我将冲好的奶粉用针管子一点点地推进她的嘴里，喂完后，再抱起咪咪，把她放在腿上，轻轻地抚摸她的绒毛，我坚信我看咪咪的眼神像母亲看孩子一样，是充满母爱的。

几天后，咪咪就习惯并适应了我的家，我们的相处也越来越友好亲密。

咪咪刚来我家时，我是打算给她取个优雅一点的名字的，可当初正忙着复习考试，一直没静下心来琢磨。儿子多次问我是否已给咪咪取好了名字，我说等有空再想，先叫着"咪咪"吧。等我想搬出大辞典给咪咪取名时，谁知她已经习惯了"咪咪"的称呼，再叫"莉莉""莎莎"之类，她根本就不理会，认为与她毫不相干。如果叫声"咪咪"，她马上竖起耳朵，偏着头看着你的眼睛，回一声"喵"，似乎在告诉你"我就在这呀。"嘿嘿，咪咪就咪咪吧，她本来就是一只咪咪嘛。

咪咪讲卫生，从不随地大小便，喜欢洗澡。每次洗澡时，咪咪都将双手支在盆边上，等你往她身上喷浴液、冲洗，然后拿专用毛巾把她包起来，给她擦干。在做这一系列动作时，她一直规规矩矩地看着你，很乖的样子，像个婴儿般让人怜爱。

咪咪爱睡觉，她的睡姿多种多样，极富情趣，我喜欢端详咪咪睡觉时的憨态，真的好可爱哟。我看电视时习惯抱着咪咪，而她趴在我的腿上时总是睡得特别踏实，但是她又是特别灵性的，稍有风吹草动就会睁开眼睛，机警地巡视一下周围，看看发生了什么事，之后再安然入睡。咪咪睡得正酣时，也会四蹄朝上，很惬意的样子。我有时故意用手指向她的鼻子，奇怪的是，每次一指她就会听到酣声四起。

我想咪咪肯定也有生物钟，知道我几点起床，几点上班。有时到点了我还赖在床上，咪咪就跑到我的床前"喵

喵"地叫上几声，目的是把我吵醒。我上班前，她习惯守在鞋柜旁边，她知道我出门时总是要换衣服换鞋的，所以就蹲在那里注视着我，眼神里流露出一份依依不舍之情，让我心动。看来咪咪独自在家时是寂寞的，她也是有着丰富情感的小生灵，我有必要为她考虑周全些，下一步，干脆给她找个狗哥哥或猫弟弟的陪着，这样她就快乐多了。

咪咪是我们家很受宠的一员，做错了事也无人跟她计较，并且还时常让我们为她牵肠挂肚。一次，咪咪在玩耍中不小心将一件瓷器碰倒然后摔碎了，我还没怎么着呢，咪咪早吓得缩到墙角，怯怯地看着我，好像说"我可不是故意的哦"。嗨，我能舍得打她吗？前些天，儿子在奶奶家学钢琴，心里一直牵挂着咪咪，那天还打来电话问我："咪咪还活着吧？"我说："切！这是怎么说话呢？咪咪活得好好的！"我可不想听那些不吉利的话，咪咪要是有个三长两短的，可让人怎么接受得了？

咪咪喜欢习惯性地做一些事，比如我每次一下班回家，咪咪就会迎向我，我走到哪个房间，她就跟我到哪个房间，好像久别的亲人相逢，怎么看你都不够。可是那天，我回家时却不见咪咪在门口，我反倒不习惯了，奇怪，她哪里去了？急得我不停地呼唤："咪咪，咪咪！"过了一会，咪咪才懒洋洋地从里屋走出来，抬头看着我，好像在问"你有啥事"？呵呵，吓我一跳，这样的大冷天，原来咪咪也懒得动呢。

啰嗦了这么多，其实我最想说的是，这个美丽的世界不只是我们的，也属于可爱的小动物们，能够友好地同它们生活在一起，那是我们的福分。不是吗？

## 二　编外"女儿"

一直希望能再拥有一个女儿，但又不能违反我国的基本国策，于是在有意无意中，就称呼起我们家的猫咪为"女儿"

了，呵呵。她可爱，善解人意，有时也淘气。在我的潜移默化中，这个"编外女儿"的身份已经得到其他家庭成员的默认，时不时地也随着我称呼一下。比如，儿子高兴起来就叫她"小妹妹"。

说者无心听者有意，误会不知何时就产生了（注：我家的住房隔音效果不是很好，偶尔吵架都不敢大声，挺让人压抑的）。比如有天早上，我喊"女儿"吃饭，恰有一同事从门口经过，无意中被他听到，这个多嘴的家伙就给我当了一回义务宣传员。那天我刚进办公室，同事就冲我神秘地笑，之后，负责计划生育工作的大姐告诉我，要到我家重新落实户口。当场笑得我直不起腰来。下班后，我兴奋地抱起猫咪，夸张地做了几个舞蹈动作，并叨叨着："你简直太可爱了，你简直让我的生活充满了喜剧色彩"。

当然，也有令人尴尬的时候，这事一般发生在逗猫的过程中。猫咪的情态非常有趣，让人不由得就想逗她玩。你的手指向哪，她的眼睛就跟到哪；你拍手，她就前跳；你跳舞，她就围你转；你跑步，她也跟你跑。有时我故意把手指放在她的鼻子中间，看她能否也同高级动物一样变成"逗眼"。结果"逗眼"没看成，她反倒搞起突然袭击，冷不丁跃起身子用前爪猛扑我的手，于是手上便被划上了她"正当防卫"后的痕迹。如果此时我大叫一声，她就知道犯错误了，吓得眼睛半眯着，身形呈半撤退状，立时安静下来，过会再悄悄走过来嗅嗅我的手，以示安慰。我作为一个母亲，肯定不会跟"女儿"计较的，看着受伤的手，除了疼惜自己后悔不该招惹她，还让我有些难堪。知道的，认为是我同猫咪进行零距离接触留下的纪念；不知道的，还以为是同老公格斗时留下的战迹。反正我也懒得解释，越解释越有"此地无银三百两"的嫌疑。总而言之，这多少有损我的"淑女"形象。

其实，猫咪的本性是温顺的。她怕独自在家，她喜欢熟人的亲昵。如果我坐在阳台上看书，她就趴在我的脚边晒着

太阳睡觉；如果我坐在电脑前打字，她就跳到我的腿上看，有时也模仿着我，伸出她的猫手点点键盘，结果往往是被她踩得程序出错甚至电脑死机；如果我躺在床上听音乐，她则偎在我的旁边打鼾，害得我宁可自己不洗澡也要坚持每天给她洗，并引起老公的强烈抗议，说猫咪的地位比他的地位都高，看我把她宠爱到了何种程度！

猫咪自娱自乐时，竟然玩得兴趣盎然。她喜欢踢球，不管你扔给她什么东西，她都会当球来踢，满场地乱跑，很认真的样子，其动作敏捷程度不亚于"小罗"。她也有着很强的好奇心和求知欲，只要稍有响动，她就循声望去。如果看到一只蚂蚁路过，她就紧盯着蚂蚁的一举一动，直至人家进了洞穴，她还在那儿低头傻守着，像一位正在思考的哲学家。如果有鸟儿落上阳台，她就专心致志地看鸟，长长的尾巴拖在地上，背影像雕塑一般美丽。她那可爱的形象，实在让人着迷！

细算一下，猫咪来我们家时间也不短了，她靠自己的实力赢得了我们每位成员的重视兼爱护，她分明也成了我们家的一员。日久生情，难以割舍。那天，我三嫂来我们家，看到猫咪也非常喜爱，就提出要抱走，让我们另弄一只。我说："你首先要征求我儿子的意见。"事实上，我才不舍得呢，但又不好拒绝，免得说咱小气，心想：儿子，儿子，你可千万不能答应啊！儿子一听要把猫咪抱走，小脸马上晴转阴，紧接着甩出一句："想得倒美！"闻听此言，我心中窃喜，一块石头终于落地。

这可爱的小生灵对于我们来说，已不单纯是只宠物，还有着丝丝缕缕的说不清的东西。一个没付出真情养过宠物的人，是难以体会其中的乐趣和意义的。有人说，养宠物的人是怪僻的，比如《和你在一起》里的姜老师，而我却是随和的；也有人说，养宠物的人是寂寞的，比如一些独身女人，但我的确不怎么寂寞。我爱我家，我爱我的猫咪，哦不，是女儿！对了，打字时因猫咪捣乱出了点小差错，特此指出，希望你们在读此文的时候，请把"猫咪"一律读成"女儿"，我就不再修改了，呵呵。

## 三　家有猫女初长成

时间过得真快。再有四个月，我家的猫女就满一周岁了。在与之朝夕相处的这短短八个月里，她的变化之大、能力之强，不得不让我刮目相看。

我想，多半是由于我们对她精心喂养、合理安排饮食的结果。虽不到一岁，可是她已出落成一只漂亮可爱、魅力独具的大猫了。她的眼睛美而有神，脸形圆而俏丽，体态丰满，毛色油亮，似有着贵族血统，而事实上她的身世很普通。当然，她的身世并不影响她的天赋和后天的开发，她"精彩"的表现充分证实了，这不是一只普通的猫。

我知道猫类皆通人性，可我没想到我的猫女还会帮我做

随笔

点事。比如有一次正在洗澡，忽听电话铃响，我没有接，等到从浴室走出来时，看见猫女正蹲在电话机旁，话筒已经放在一边，她温柔地看着我，好像在说："来接电话呀。"虽然电话早已断线，可她的表现实在让我情不能抑，随后一把将她抱起，惊呼："我的宝贝！"

如此有灵性的猫女，若不给她取个与之相配的名字，实在是有点过意不去。咱不是也注册了多个腻腻歪歪、风格各异的网名嘛，再说老是称她"猫宝贝""猫女儿"什么的，时间长了也觉得乏味，不妨再给她取个大大方方响亮点的名字吧，这也是潮流使然。于是，那天我灵感突发对老公说："为了让咱的猫女沾点名人的光，要不给她取名猫宁？"老公沉思了一会，然后意味深长地说："不如叫她阿敏，这样更女性化一些，也适合她聪敏的特性。"我双手赞成："就这么定了！"

付出就会有所回报。我对阿敏点点滴滴的爱，她一定也觉察到了，因为我发现她最愿意同我在一起，并且非常关注我。对于我无意间的举手投足或者随意弄出的一些声响，总能引起她的注意。就说那天中午吧，我正在小睡，她又来敲门，我不理会，她就自己用力推，几下就将卧室的门推开，然后跳上窗台，又开始了每天必修的专心致志看风景（即便看风景，她也喜欢呆在能看得见我的地方）。此时我忽然想起网上读到的一则笑话，不由再次傻笑出声，声音虽不大，却把她吓了一跳，立即转过身来机警地盯着我，像是在询问："你怎么回事？"一副审视的目光让我想起动画里《黑猫警长》那穿透力极强的眼神，愈发"咯咯"笑个不停。见此情景，她便忽闪着一双生动的大眼睛好奇地研究我，直到我安静下来。

阿敏越来越会玩，并且同她的主人一样怀有丰富的好奇心。我们家客厅的角落里有一盏台灯，是感应灯，接触式开关，手碰即灯亮，再碰则灯灭。她善于观察，早已将台灯的使用方法牢记于心，瞅准机会就走过去用爪子拍，拍了一下又一下，灯就来回忽明忽灭，这也成为她喜欢的一个游戏而被她玩得妙趣横生。遇上阴天下雨，室内很暗，她常常是开了台灯然后趴在沙发上睡觉，一点也不知道节约用电。开始时，我下班回家猛见室内开着灯还莫明其妙地惊慌一番，后来知其常有不俗的表现也就释然了。

不知从哪天起，她又迷恋上纵身跳跃、爬墙上房的运动。她能以敏捷灵巧的姿态，从地上飞身跳到窗台上，然后抓着纱窗几下窜至近房顶处，玩够了再退下来。当然也存在一失足便跌上一跤的时候，但她泼辣壮实经得起折腾，总是不知悔改地爬起来再继续操练，要不怎么说猫有九命呢。领教了她的这一本事，我就不奇怪下班回家时经常看到的一幅场景：客厅里一片狼藉，茶几上放的所有能移动的小东西全部七零八落地躺在地上，偶尔还会有一、二只苹果被她当作球踢进了卧室……我知道她很喜欢踢球运动，就专门给她买了个很轻的塑料球，可是她也有厌倦情绪啊，老踢同一个球也没多大意思，就跑进书房里，把一只笔或一块橡皮从书桌上踢到地上，再从这端踢到那端，踢烦了此物再跳到桌上换一种。有时我看到她窜上窜下的也挺累，干脆就帮她把一批小物品扔到地上，喜欢哪个玩哪个吧，玩够了我再收拾，谁让我是她的"监护人"呢！

适当地顽皮一下也就罢了，可是我最近发现她的顽皮程度在逐步升级。前些天我炸了一盆带鱼，吃了不到一半便放进厨房里，后来每次去厨房时都感觉鱼在减少，但又不能确定，直到盛放带鱼的盆变成一只空盆，我才断定那些鱼是被猫一点点吃掉了。我始终不明白，我没有虐待过她呀，她喜欢吃鱼我

就给她买鱼，她喜欢吃火腿肠我就给买火腿肠，每次我都喂她足足的食物，可是为什么还要溜进厨房里去寻觅吃的呢？难道非得通过自己的劳动所得才吃得香？虽然我很欣赏她这种自食其力的精神，但又不能接受人猫同食的状况。"女不教，母之过"，我首先是有责任的，再这样听之任之，终将会引起我们家其他成员的强烈不满。

思虑再三，还是那句老话：没有规矩，不成方圆。看来以后我有必要在她身上下一番功夫，本着"治病救猫"的原则，着重纠正她的不良习惯，为培养一位守纪律、懂情调、聪明过人、技艺超群、人见人爱的美女猫而不懈努力！

## 四　给阿敏征婚

阿敏是我们家的一只爱猫，机灵可爱，活泼好动，偶尔也温顺。她来我们家已经一年多了，这些日子里，她曾带给我们无穷的乐趣，有关她成长的故事估计三天也说不完。美中不足的是，目前她正在给我们制造一件让人无法听之任之的小烦恼。

开始时她表现出烦躁不安的样子，继尔站在窗台上对着窗外充满哀怨地呼叫，类似小孩子的哭声，听着极不舒服。尤其是晚上，当我们休息了时它还不想睡，站在阳台上独自狂叫，一声比一声凄厉，深夜听着格外刺耳。叫过几次之后，我终于明白了她这是在干什么。在这之前，我还傻傻地认为猫只会在春天里发情呢，谁知秋天里甚至立冬了还会"叫春"。我本来睡眠不好，这样一来，借助脑白金也不起任何作用了。儿子也有点烦，同时觉得奇怪，便问我："妈妈，咱们家的咪咪怎么了？叫得这么难听，是不是病了？"我说："没病，她是在叫春呢。"儿子越发好奇："什么是叫春？"我随口答道："就是想恋爱了。"儿子知道了个新词，每每家里来人时他都忘不了显摆一下咪咪的事——我们家的咪咪会叫春，并且顺便解释什么是叫春。这小子免不了偶尔让我难堪一下。

为了解决咪咪那惨不忍听的叫声，我专门去宠物医院咨询了猫医生，医生明确指出，解决猫叫春的方案有二。其一是给猫作手术，可以一劳永逸；其二是给猫找配偶，这样只能管一年，第二年仍会发作。第一个方案让人听得心里不由咯登一下子，那样做就意味着人为地剥夺了可爱的阿敏的某个权利和需要，太不人道了！不妥不妥。第二个方案就是麻烦太多，要从心理上做好充分准备，不仅要为阿敏找个合适的男猫，还要准备几个月后家里会多出一窝小阿敏，如果不能给小阿敏们及时找到新家，我这个主人就要多操很多心，并且还要不断地重复这样的日子。天呐！天呐！看来别无选择，只能采取第二种方案打持久战了，谁让俺心太软呢？

接下来的艰巨任务当然就是帮阿敏征婚啦（咳，总算转到正题上来了）。其实我们同一幢楼上就有一家养了只男猫，但是我不喜欢，首先不漂亮，身上黑一块白一块花里胡哨让人看得眼晕，并且经常在楼下脏兮兮地玩。但如果我们家阿敏喜欢那只男猫，我还是要讲究一点民主的。于是某天我故意把阿敏带到那只男猫附近，当我欲把阿敏放在地上给她自由时，谁知阿敏强烈地抓着我的肩膀，对那只男猫根本就不理不睬，且表现出厌恶的样子，看得出阿敏也不喜欢它呢。后来又在近处人家看了两只，都不能打动阿敏的心。唉，动物也麻烦！看来，像我们家的阿敏生得如此聪明、漂亮、可爱、乖巧，不是随便一只男猫就可以诱惑的。那么，我作为她的监护人，本着对她负责的态度，有必要帮她认真地选择一番。思虑良久，在周围寻觅不成的情况下，干脆到网上替它发一则征婚启事吧，呵呵："阿敏，女，猫龄一年零三个月，体健貌端中透着奕奕神采，体态丰满但不失行动敏捷，聪明伶俐中带给你妙趣无数，一年四季喜欢着一件黑灰相间的衣服，且永不褪色。另附靓照若干张。欲觅年龄相当、身体健康、气质不俗、毛色纯白的男猫为伴，地域不限，本地户口优先，有意者请与本论坛联系。"

# 五 舍不得你受伤

是不是要发生点什么事先都会有征兆？是不是我爱你不够你故意要折磨我一遭？

腊月二十八，老公接上我和我们家咪咪，打算先走访，然后去婆婆家。走访完时，已近下午1点，把车停在一家"朱老大饺子店"门口，我们进去吃饭，把咪咪关在车内。不过半个小时，吃完上车，结果找遍了车上却不见咪咪的影子。在丝丝不安中，赶到婆婆家楼下，搬完所带的东西，再找。儿子从楼上下来气呼呼质问："你们把咪咪弄丢了，竟然也敢来见我？"我自知理亏，不敢辨白。儿子哪里知道，不见咪咪时，那种揪心的感觉也在伴随着我呢。把老公急得，在车上这儿瞅瞅，那儿摸摸，折腾了半个时辰，终于发现了我们的咪咪，但是，它趴在发动机上，头部被卡住，不敢硬拉出来。儿子急中生智，马上给出办法："快把车拆了，让咪咪出来！"看来只能这样了。老公开车到修理厂，我和儿子回家。在焦急的等待中过了三个小时，老公从修理厂打来电话："咪咪已取出，安然无恙。"一颗悬着的心总算放下。待老公抱着咪咪敲开家门，我和儿子抢着去拥抱咪咪，尽管她灰头灰脸的、油渍点点的。我心疼得不知如何安抚才好，她却傻傻地像刚从梦中醒来。之后，给咪咪洗澡，给安置吃喝拉撒睡的地方。还好，咪咪很快适应了这个新家，开始自由自在地漫步于各个房间，开始在阳台上的花盆间跳来跳去。咪咪的快乐也感染着我的快乐。

所以，初二那天，我比较放心地把咪咪留在婆婆家，三口一起回我的老家。谁会想到，初五那天突然就不见了咪咪！接到电话时已是晚上10点多，害我牵挂了一夜，早早起床便打过去电话问咪咪的情况，那边回答依然没找到。无奈，我找明白人给推算了一下，看看初五是不是个容易丢东西的日子。答复说丢不了，下楼后向西找。我马上给公公打电话，他说几乎找遍了家属院，也没有任何线索，正在拟寻猫启事，上面留有联系电话，看结果怎样吧。我唠叨着："狗记千，猫记万，况且又那么通人性。就凭它的记性，就凭我们对他的善待之心，他应该会回来的。"可是，四天过去了，只得到一点点消息，邻居说咪咪曾在他们家门口蹲过，但不知是我家的，便没理睬，后来再敲门便不见了……

唉！咪咪，亲爱的，你现在会在哪儿呢？这几天天气很阴冷，会不会冻着你？人们都还沉浸在过年的余味里，是不是忽略了你？如果你被路过的人抱走，我虽有千万个不舍，但会祈祷新主人善待你，每天给你洗澡，变着花样让你吃饱，在你顽皮的时候别打你，在你撒娇时抱抱你……如果你是因为不慎迷失了方向，或者正在外面流浪，咪咪，你可一定要坚强！愿好心人给你吃的，愿你能想起走失的地方，那儿就是我们的家，每天都会有你的亲人在门口张望……

坐在电脑前，就想起你蹲在显示屏上端看我打字的样子，趴在我腿上睡觉的憨态，习惯了有你的日子，无法忍受没有你陪伴。冷寂的夜里，默默想你，咪咪，我想告诉你，我每天仍会习惯性地，在家里，在你生活了五百多天的房子里，给你晒好小被子，洗好碗，准备好你爱吃的鱼及火腿肠，静静地等候你回来的消息……

随笔

## 六　有一种惊喜叫失而复得

那天接到公公大人的电话就像做梦一样。他说刚刚在居住的楼下解救了一只猫，那只猫脖子里拴着一根绳子，绳子纠缠进一辆停放的摩托车里，如果不是他及时发现，那只猫的小命就很难说。他老人家喘了口气继续说："我看这只猫就是咱们过年时丢的那只。"

　　怎会忘记，那只朝夕相处了一年多的咪咪，曾经淘气俏皮，曾经温情脉脉，曾给我们带来无数的欢笑和乐趣，却在某一天突然离家出走，多处张贴了"寻猫启示"亦不得线索，让我伤心许久、牵挂至今。曾担心咪咪会流浪街头，会遭人虐待，会分辨不清回家的方向，会……多少次听见别人家的猫叫而惊心，多少回看见街巷或电视里的猫咪而被触动。也曾听从了养猫人士的经验之谈，从哪儿走丢的，就到哪儿去找。我断定咪咪找不到百里之外我们的家，于是几次打电话让婆婆没事就到楼下看看，因咪咪是从那儿失踪的。一直相信，咪咪是有灵性的，如果没有人限制她的自由，终会一路找回来。也一直保留着咪咪所有的用具，期待着她在某一天突然来到我的面前，给我惊喜……

　　"你们还要这只猫么？"爸爸在电话里催问。"要，当然要！"我惊喜且激动得语无伦次，问道："咪咪现在是不是很瘦？她变样了吧？"爸爸说咪咪是瘦了许多，但也长大了许多。毕竟半年过去，咪咪肯定会有变化，只是想象不出她究竟变成了啥样。儿子听到这个消息，高兴得说快打电话给姥姥、舅舅还有谁谁报喜。我首先打电话告之老公，并安排他快去接回咪咪。老公很不情愿。接回咪咪，不仅意味着重新拥有咪咪的乐趣，同时意味着接受咪咪难闻的气味还有一系列的麻烦。老公不想再养猫，但又无力说服我和儿子，最后还是答应去接咪咪。

那晚老公按响门铃时已经10点了，看着他怀抱的咪咪，儿子夸张地大叫："咪咪！"我从书房里听到这一声，一个箭步跑出来，同儿子抢着拥抱咪咪。咪咪一定还记得我们，她就那样很踏实地趴在我的怀中一动不动，我和儿子轻轻抚摸着她那一身黑灰相间的绒毛，仔细察看着咪咪的变化，发现咪咪的脖子处，有一道明显的勒痕，绒毛自然分裂成一圈，可怜的咪咪！这半年多来，咪咪失去自由，想伺机寻找回家的路都不能。咪咪明显瘦了，身体也明显变长了，儿子边看边说："咪咪现在长得像一列火车，以后改名叫猫火车吧。"再看咪咪的面部，原本白色的绒毛泛起黄色，眼神没有以前的生动，看上去很疲惫。儿子有些怀疑地问："这是咱家那只咪咪吗？"我肯定地点头："是。咪咪每只脚掌的颜色都不一致，我不知翻看过几回呢。这是胎记，是改变不了的。"

我无法知道咪咪这些日子究竟被关在何处，也不能了解咪咪又是如何挣脱了绳索不顾一切地跑到婆婆住的楼下——曾经走失的地方。但我敢肯定，咪咪是依恋着我们还有我们的家的，是喜欢我们给她创造的宽松友好的环境的，是有感情通人性的。

咪咪回家的第一天，拖着瘦长的身体，在阳台上来回做巡视状，略略有些局促不安，两个完全不同的环境看来也让她有些茫然。待确定下这就是她记忆中的家后，便趴在窗台上满足地睡去。她依然不能随意地走进书房、客厅。直到两天后，她才小心地走到书房门口，看我坐在电脑前打字，然后看看电脑看看我，似忆起旧时的一些情节，便走进来安稳地睡在我的脚边，而不是如从前那样主动跳到我的腿上或蹲在电脑显示屏上看我打字。

随笔

　　环境改变了她许多，她也在成长，并略现一丝老态；她不再挑食，毛色暗淡；她不再活泼好动，不再向人撒娇……看到这些变化，忽然心疼不已。半年多来，咪咪作为一个小动物，无论受到怎样的委屈也无处可诉。她失去自由、没人给洗澡、没人逗她玩、没有温情的爱抚，一根绳子将她固定在一个角落，碗里随便放些食物，吃不吃随她……

　　真的感谢上苍慈悲，给小生灵一次逃离的机会，让她回到原来的家，让她又与我们重逢。

　　有人说，失而复得的东西最值得珍惜。咪咪的失而复得，既给我惊喜，又令我心痛。无论如何，咪咪同我们之间是有缘分的，我会珍惜，并让她恢复原有的快乐，然后和谐共处在一起。

2003.3

# 岁月催人老

　　周末赖在床上不愿起,随手拿起床头的《读者》第二期,目光停留在一篇《泪的重量》上。读着读着,眼泪就稀里哗啦的,让人心生无限感慨。岁月无情,生命有限,无论动物还是人类自身,归根结底都是生命旅程中的过客。

　　岁月催人老,转眼又一年。随着年龄渐长,对于过年早已没有了少时的激动与期盼,可是不盼年时,年总是飘然而至,如同年前给儿子买鞋时,忽然发现9岁的儿子要穿38码的鞋了。再同儿子比身高,他已到我鼻尖了,而去年春天时才到我肩膀呢。时光就这样飞速流转着,儿子也如雨后春笋般正在拔节。再端详老母亲,脸上皱纹增添,黑发又染白霜,腰身已倦得不再挺拔,任儿女怎样的孝心也无力让母亲再度年轻!很想留住春天,奈何岁月不等。总有一天儿子也会长成顶天立地的男子汉,而我也终会慢慢老去。人生大抵如此,在生命的过程中,就这样付出着,得到着,幸福着,亦尴尬着。

　　那天,老公站在我身后一惊一乍地说:"老婆,你有白头发了!"我掩不住一阵恐慌:"啊?快给我拔下来!"并不安地嘱咐着:"仔细找找,看看还有没有。"他细心地搜索着,我则说不清什么滋味。捻着白发,心事繁杂,不该有白发的年龄却生出白发,是不是"早生的白发又泄露了你的忧伤",饱经风霜的老父亲可以安享晚年时离我们而去,一位好朋友在人生正得意时突然病故,伤心事不堪回首。世事无常,

人生如梦，面对这些难以承受之重，很多时候又无法做到从容。印象很深地记着，几年前曾在电视上看到电影明星田华，红衣白裤，满头银发，自信从容优雅，七十多岁的人了依然精神焕发。于是就想，那样的从容，定是涵盖着丰富的阅历，承载着生命的厚重，是历尽沧桑后才有的淡定，是千帆过尽后才有的波澜不惊罢。

在电视《艺术人生》栏目中，看《红楼梦》剧组人员20年后重聚的场面，也颇令人唏嘘。那个细皮奶油贪恋脂粉的"宝二爷"竟胡子拉茬呕心沥血地当起大导演了，曾经晶莹剔透弱不禁风的"林妹妹"也成了一个老成持重的广告公司老板了，那个正在国外留学的大小伙子身上再也找不到当年"板儿"的模样，还有……子在川上曰："逝者如斯夫！"白云苍狗，沧海桑田，20年弹指一挥间，而留给观众的感慨又何止万千呢！

年华似水悠悠流走，谁能将它片刻挽留？既如此，那么我们就索性与岁月一起走，想醉就醉想唱就唱想感慨就感慨，该把握时就把握，该放手时就放手，顺其自然吧。

人生没有模式。不管是怎样的人生，只要是适合自己的，只要自己能从中找到乐趣，只要在岁月的长河里哭过、笑过、爱过、痛过、努力过，只要在老了的时候还有许多往事可以回味咀嚼，就是最好的。

2006.1.17

随笔

# 又见蜻蜓翩翩飞

穿花蛱蝶深深见，点水蜻蜓款款飞。

已是初秋，坐在公园里的长椅上，抬头间，猛然发现这里竟集聚着许多的蜻蜓，有的空中高飞，有的点停茵草，有的翩然戏水。记不清有多久没有这样仔细地观察过蜻蜓了，这片断的清闲，竟也被小小的生灵给扰乱了。记忆永远是云蒸霞蔚，妙景无限，轻轻一回眸，便由模糊转向清晰。

蜻蜓是水生昆虫，喜欢有水、空阔而清新的地方。紧靠着我的故乡的，便是一条澈底的小河。因此，每年夏天乃至初秋，都会有成群成群的蜻蜓在岸边、在大街上，或高或低地飞着。童年的我，是没有多少趣事可以消磨时光的，捉蜻蜓，便成了这个季节"常玩不懈"的一大乐事。

灿烂的阳光下，虽然常常汗湿了衣衫，但是欢快的笑声，却丰富了纯真的童年。

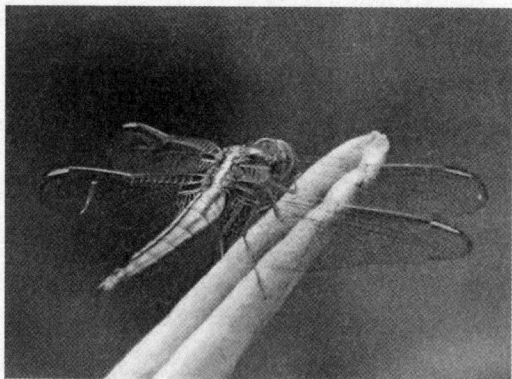

那时天很蓝，云很白，香风细细，空气中荡着一丝淡淡的油菜花的味道，蜻蜓便是在这样一种环境里自由地飞。此刻的我，喊上左邻右舍的小伙伴，每人扛着一把大扫帚，满大街跑

着捕捉。蜻蜓也机灵着呢，如果不小心被扫帚的一角碰到了，它就会高高地飞上天空，决不再犯同样的错误。遇到蜻蜓密集处，一扫帚扑下来，可能会有两只或者三只，然后，小心翼翼地从扫帚底下取出蜻蜓，掐掉一部分翅膀，放进一个玻璃瓶或纸盒子里。当玻璃瓶或纸盒子将满的时候，那种收获之后的欣喜，是别人无法领会的。却恰恰忘了，被捉的蜻蜓的命运，往往成了院子里那群争先恐后的小鸡们的腹中物。等到稍稍明白点事理后，便觉有些残忍了。于是问大人："为什么到了冬天就不见蜻蜓了呢？"大人们随口回答："天冷的时候，它们就冻死了。"哦，既然季节决定了它们的命运，既然曾经美丽地飞过，再加之童年的淘气，也便释然了。

最有趣的，当属捉水中的蜻蜓。像那种个头大、花色又漂亮的红蜻蜓、蓝蜻蜓，在蜻蜓集中的地方，很少能见到它们的影子，它们喜欢独自在水上飞，或者立在水草上，这种蜻蜓捉起来难度较大，弄不好就会一头扑进水里，湿了一身衣服，还吓飞了蜻蜓。如果谁侥幸捉到了一只，那实在是一件值得欢呼的事。如果捉住蜻蜓的人，忍疼割爱，将大蜻蜓又送给另一个人，那么这个人说不定还会因既拥有漂亮的大蜻蜓又获得了友谊而兴奋得一晚上老做美梦呢……

充满童真童趣的记忆，如同一朵朵色彩缤纷的花，开在每一处走过的脚印里，再回首，花儿已经晒干，并泛出旧报纸般的黄色来。也许有些东西，只有泛黄，才觉温暖。于是，回忆，便成了一种可以取暖的方式。

再次抬头，天空依然纯净，蜻蜓依然美丽，只是，坐在长椅上的人，却没了当年捉蜻蜓的好兴致。

倚在岁月的门槛上，任年华似水流过，一颗不再青春的心，何时才能够重新舒展开来，像蜻蜓一样自由地飞翔？

随笔

2003.8.17

# 晚安，日照

　　没有想到日照的秋雨下起来如此缠绵。难得利用学习机会在日照住上几日，然而连续几天的阴雨天气，欲体验一下日照"日出初光先照"的由来都成了一件奢侈的事，更别提利用晴朗温暖的中午到海里畅游一番了。还好入住的钓鱼岛宾馆就在海边，每每于饭后约上三两朋友，沐着细雨漫步海滩，观潮戏水拾贝，呼吸海的气息，尽情享受海滨城市的味道，也算没有虚度时光。

　　恰逢第二个"七夕节"在日照度过，那天上午收到同事发来的短信："雨大股涨。"简短的四个字，一眼就明白其中蕴含了家乡的天气和持股行情，还有同事与我分享快乐的心情。被套的"山铝"又回升了，真是好消息呵。灰蒙蒙的天气也遮不住我那一刻良好的精神状态，于是就在兴奋中短信打扰了几个朋友，于是就想到了认识多年的一位日照文友小傅。短信发过去，他很快把电话打过来，热情洋溢地叮嘱着："晚上一起吃饭哦。"考虑到这个日子有点特别，再加上晚上我们另有活动，便把相聚推到第二天，约好一起喝茶。

　　其实我已经忘了与小傅相识是怎样的一个开始，只记得多年前我们一起在论坛里码字，曾经一起打理论坛，但是后来又疏于联系了，还记得两年前他曾传给我一张照片，但那是一张与同事一起现场办公的合影。当初他故作神秘让我猜，我挨个猜了一遍，结果也未得到答案，后来就没兴趣猜了。

再后来他逐渐失去在论坛发言的热情了，偶尔上网也懒得聊天，渐渐就淡忘了。直到去年夏天，他留言邀请我去日照游玩，我才想起来这个文友。我几乎每年夏天都要去日照看海，日照也有几位同学和亲戚，却一直没有联系过他们，不想给别人添麻烦，尽管他诚心诚意地给我留电话了。今年夏天的某一天，正好看到小傅在线，便随意说了一句我要与朋友一起到日照去看海。他马上爽快地回复："来日照打我电话，我请客！"并且留下两个手机号，然后问："几个人？哪天来？玩几天？"以便他安排时心中有数。我不过随口一说，看他如此认真对待，确实够朋友味。心想，一直见字没见人，彼此都是一个模糊的印像，有机会就让印像清晰一下也罢。

机会来得可真快。与朋友夏天看海的约定虽已取消，但是初秋我就走在日照的街头了。

那晚小傅打来电话时，忽然我又有一丝犹豫，想推脱。职业的敏感或许让他觉察出来了，他幽默地笑着："想啥呢？警察也不能给你安全感吗？下来吧，五分钟后我就到你们酒店门口。"然后告诉我他的车牌号。

匆匆拿起随身小包下楼，走到酒店门口时，一辆奥迪车已经停在那儿，借着路灯看过去，正是他的车牌。看我快走近时，右边的车门便打开了。上车后，盯着那张熟悉的面孔，忍不住一掌拍过去，同时伴随着一句："终于对上号了，原来是你呀！"之后车内就响起了爽朗的笑声。就像多年不见的邻家兄弟，没有想象中的陌生感。他似乎很忙，路上电话响了几次，他接听电话有时会加上一句："我来个朋友，过来一起喝茶吧。"他郑重地重复着"朋友"，一下子拉近了彼此之间的距离。是啊，在我听来"朋友"是个多么温馨的字眼，尤其在异乡的天空，此刻正翻腾成一朵白菊般的浪花，渐渐在心底温柔地拂起又落下。

十几分钟后，车子便开到了迪欧咖啡厅门外，工作人员忙跑过来帮着开车门，跟他热情地打招呼，看得出他是这儿

随笔

的常客。穿过环境优雅精致、有着欧式怀旧风格的前厅，他把我带到二楼预先订好的位子，我点了一杯蓝山热咖啡，他要了一壶菊花加蜜茶。

　　耳畔轻飘着慵懒舒缓的爵士乐，在咖啡与花茶相互溶合的袅袅香氛中，我们聊着工作、家庭、网络和其他，偶尔相视一笑。日照雨后的初秋，已有了寂寥的味道，但是咖啡厅内却温暖如春。他谈笑风生，像面对一位老朋友，那种神情和笑容，让人忘记拘谨，感觉亲切而舒服。我想，这世上总是会有这样一份美丽的情怀，比亲情要浪漫一点，比友情要暧昧一点，无论光阴如何流动，曾经共度的那一片时光，终会凝结成一粒透明的琥珀，存于心中某个角落，然后定格成记忆中一道不老的风景。

　　在茶淡意浓中走出咖啡厅，小傅执意要带我浏览一下日照的夜色。盛情难却，随着他开车转了几条主要街道，大学城，还有帆船基地等。日照市的高楼大厦不多，但却是一个干净整洁适合居住的城市，宽宽的柏油马路很少遇到拥堵现象，两边花草郁郁葱葱，处处充盈着温润的海洋气息。那静静亮着的海鸥、槐花等各式街灯，那在各个角落里闪烁着的霓虹幻影，那一串串从海鲜城楼披挂而下的光帘，把一个渐趋成熟的海滨城市，浑融在朦胧而迷幻的光影世界中，别样的繁华在夜色中更加撩人。我是真的喜欢这座城市，可我终究是这座城市的过客。

　　深夜里，透过宾馆里的窗户仰望天空，似有星星在眨眼，在低语。明天，或许能欣赏到"日出初光而先照"了吧？

　　晚安，日照！就像叮咛亲密的朋友，让我的耳语轻轻，轻轻地拂过城市的面庞。这一刻，我只想远离一切的喧嚣，在悄然了的星空下，安静地入梦。

2006.9.16

# 相遇在白云之上

偶然间，就这样遇见。

其实你和她从不相识，只是一次偶然的机会，在济南飞往哈尔滨的同一航班客机里，你坐在5A，她坐在5B。2个小时的旅程，至少前半个小时她没有注意你，尽管你曾顺手帮她推了一把行李。半小时后，飞机高空起稳，念起窗外的风景。目光掠过闭目休息的你，轻启窗帘，欣赏千姿白云。还是不小心惊动了你，你坐起来善意地问她："要不要给你换一下位置？"飞机上靠窗的位置的确是她最喜欢的，可她还是摇了下头："不必了，谢谢。"

电视里正放映着热闹的故事片，有人大声讨论，有人小声私语，有人安静地等待飞行的目的地。你随手翻看着晚报，她找出此行参观方案继续浏览。你眼疾心快，扫了一眼她的参观方案，马上知道了她来自哪里。于是，你们共同熟知的一个人便成了此行的第一个话题。郭是她们小城的名人，是她以前从事建筑行业工作时认识的，他搞建筑开发，她负责质量监督，经常打交道。你说你同他有业务上的联系，是很好的哥们。世界说大很大，说小也很小，既然能隔山隔水为友，就一定有 N 个理由。

漂亮的空姐推着餐车走过来，你要了一杯白开水，她点了一杯热咖啡，边喝边漫天地闲聊。

正眉飞色舞间，空姐提醒乘客飞机就要降落了。你意犹

未尽的样子，从公文包里取出一张名片给她，并向她索要名片。她说没有。其实心里明白，你是想要她的电话，可她原则上是不给陌生人号码的，毕竟你和她只是一面之缘，转身即天涯，何必凭添烦恼。所以她也只好歉意地一笑，然后看着你干净简洁的背影融入来来往往的人群中。

偶然间，就这样遇见。

其实你和她并不熟悉，如果不是在登上飞机舷梯的那一刻，你在身后拍了一下她的肩："嗨，真巧，是你呀！"她甚至忘了第一次见你时的样子。你热情地帮她提行李，各自入座后，你瞅了一眼她的机票惊喜地说："哈，你是3A，我是3B，我俩真是有缘！"呵呵，她也有些兴奋。世界真是太小了！谁能想到时过一周后，在哈尔滨飞往济南的客机里，你和她竟然又是同行且同座呢？如果不是亲身经历，还以为是某导演为了配合剧情而刻意安排的哩。

你神采飞扬，那一刻又很认真的样子，问她："你相信缘分吗？"她微笑，并不急于回答，其实心里是很讲究缘分的人，只是不想把心思轻易示人，尤其是不知根知底的人。

电视屏幕上正播放着陈慧娴的那首《人生何处不相逢》，淡淡的无奈，淡淡的感动，淡淡的期盼，此时此刻听来，煽情到极致。不需刻意寻找话题，这一次，你似乎有许多话要说，像面对久别重逢的朋友。你说："真奇怪，第一眼看见你，就感觉很熟悉，没有一丝心理距离。"

她故作平静，把目光转向窗外，装作看云，心中却感慨着：若缘在，人生何处不相逢，即便是在白云之上。

帅气的男乘务员推着餐车走过来。你征询了一下她："来杯咖啡？"她笑着点头。于是你要了两杯咖啡，一杯给她，一杯给你。佩服你的记忆力，仍然记得上次同行时她点的咖啡。同时，她也有点小小的感动，你为了营造和谐的氛围，因她的喜好而喜好。

轻松谈笑间，漂亮的空姐又开始提醒飞机快降落了。你不容拒绝的语气却是让人能接受的："给我你的联系方式，以后会去你们那里开展业务的。"这次没有坚持原则，看着号码输入你的手机，然后相视一笑，握手道别。

或许从此天涯，或许，比熟悉更熟悉。

2007.8.6

随笔

51

# 爵色生香

　　某个时候，确切地说是从上个月生日那天，某妞送我一首爵士天王 Nat King Cole 的经典歌曲 *When I fall in love*。其如天鹅绒般温暖厚实磁性的声音，轻柔而深情的爵士吟唱，一下子打动了我，以致后来再听其他版本的这首歌，都不能如意。自此便看到某丫头在天籁社区猛灌音乐，关于 JAZZ 的。开始没太理会，后来一曲曲地点开听，渐渐就被所谓的爵士乐所魅惑。那种独特的音乐语言，饱含丰富文化且极具个性的音乐演奏，时而低沉忧伤如泣如诉，时而强劲高亢热情奔放，丝丝入心，给人深刻的精神体验和心灵的愉悦。又若淡香细细，在幽静的空气中飘来，深入肺腑。

　　这让我想起一个词——爵色生香。

　　如今的爵士乐，早已超越了各种单一的音乐文化形式，发展成为一种属于精神范畴的音乐，它最能体现音乐家的灵感和创新。也不再是一味地感伤，当它增加了摇滚元素之后倍添活力。因为爵士乐不仅旋律、和声及节奏方面极具特色，更主要的是它复活了古典音乐失传已久的即兴演奏。此外，爵士乐强劲的节奏、复杂的和弦体系以及高超的演奏技巧等等，都因音乐家不同的喜好、文化背景和生活体验而有不同的反映和表现。

　　我喜欢那种有着根深蒂固的蓝调忧郁的音乐，萨克斯如蝴蝶在黑暗中上下翻飞，钢琴和吉他的对话给人梦幻般的感

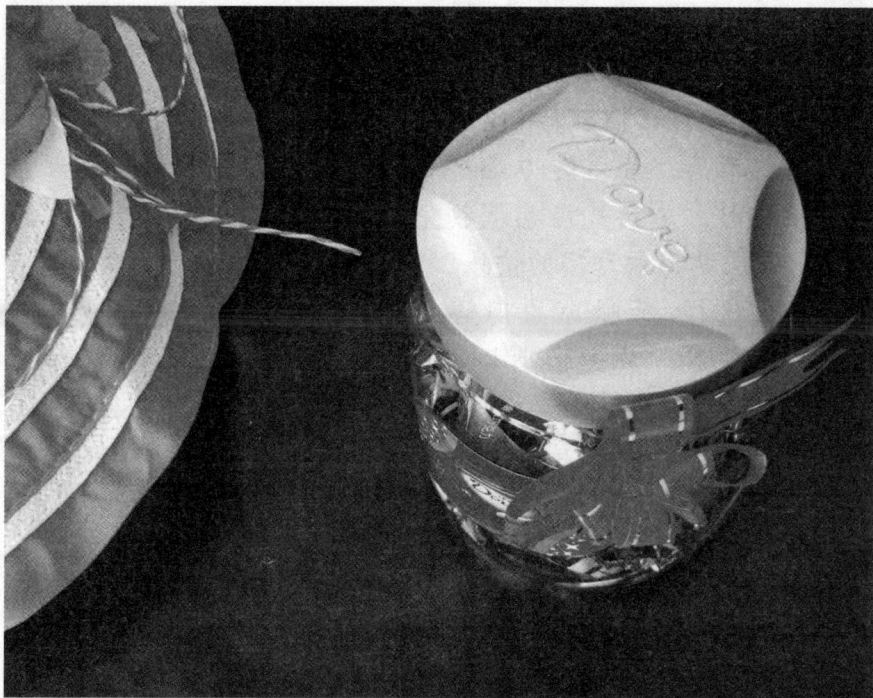

受，多种乐器相缠绵时，那造化之妙已达峰点，不管听几遍都会渗透内心。"现代人的情感层面趋向平面化，短暂而不深入，正需要更多有深度的歌曲和音乐去唤醒这些心灵。"比如David Sanborn 的单曲 *Don't Let Me Be Lonely Tonight*，把情感深深地揉进音乐，用心演绎。深夜里，David Sanborn 浓情抑或忧怨的吹奏，加上Lizz Wright 犹如暗夜精灵般成熟撩人的声线，使得这首经典作品散发出别样的香气，让人听了极受感染。

据专业人士说，爵士乐是很多东西的精髓，是最难做的音乐，因为他的组成元素太简单，而变化又太多。任何旋律的风格都取决于使用音阶的类型，而爵士乐主要以布鲁斯和爵士音阶为基础，比七声音阶还要少两个音，即12356。爵士乐常见的手法是产生松弛与急促的感觉，用以抒发演奏者的情感，使音乐更具魅力。

不知道是谁评论过，"爵士是什么？是已婚美女的出轨幻想，是牙疼使用的漱口水"。佩服这样丰富有趣的想象力，但对这样的观点却不敢苟同。

真正的爵士，应该如一把钥匙，一把打开你内心世界的钥匙。虽然大多时候听不懂歌词，却能清晰地体会到人声所传达出的情感，音乐的力量总是那么神奇。在与优秀的音乐近身相遇时，总能被温柔地赦免，并静静地打动，自然而然会涌出深深共鸣和真实的快乐。

喜欢这样：于微凉的夜里，温柔的灯光下，冲一杯咖啡或泡一壶花茶，放一张小号手 Chris Botti 或爵士歌手 Lorraine Lawson 的 CD，斜依在沙发里，双眸微闭，从容如仙，悠悠然，飘飘然，心中充满了对未来人生的一片柔情，在音乐所给予的提示和暗示中，慢慢品味，勇往直前……

2005.4.16

# 成长的"烦恼"

我最近有点小小的不安。

周末整理电脑里的资料，无意中冒出一首"诗"，是儿子胡诌的，复制如下：

### 李白失踪记

李白乘舟不给钱，

一脚把他踢下船。

桃花潭水深千尺，

不知李白死没死。

读后想笑，再仔细一琢磨就有些生气，于是严肃着脸把儿子叫到跟前，问："为什么这样糟蹋古诗？"他竟然嬉皮笑脸地回敬道："因为所以，科学道理，你再问我，我就扁你！"一句话噎得我半天没回过神来。天呐！儿子啥时变得如此叛逆的？

搜索记忆——儿子从小算得上一个比较乖巧懂事善良的孩子。我一直认为培养孩子的情商同智商一样重要，并希望我的孩子无论他将来如何成就，首先要做一个正直坚强、富有爱心的人。所以他会在别人不开心时讲笑话以缓和气氛、喜欢帮助那些有困难的人、同小伙伴友好相处、爱护小动物……并且我也经常说打架不是好孩子，无论由谁引起，一个巴掌拍不响。所以儿子很听话，基本上没惹过事，更没有打架记录。我以为这样的孩子肯定也不会有人惹他，我作为家长也少操心。

随笔

55

一次偶然，让我改变了以往的教育模式。某天晚饭后，儿子同邻居家的孩子出去玩，我随后也跟着出去了，过了一会，儿子要回家看动画，邻居家的孩子不让走，儿子就跑向我，结果那小子从后面追上来"啪"地一下给儿子一拳，且当着我老人家的面，你说气人不气人！当时我真恨不得也给那小子一拳！要不是亲眼所见，我不会相信儿子竟然吃那个小他一岁的孩子的气。回家后越想越不是个理，给孩子他爹一汇报，他爹马上表态："儿子，以后可不能这样被人欺负，他再无端打你一下，你打他两下！男子汉嘛，必要的时候就得以武力征服对方。"我也重新拿毛爷爷的话教育儿子："人不犯我，我不犯人；人要犯我，我必犯人！记住了，大前提是你不能主动挑事。"儿子似懂非懂地点了点头。

过了一段时间，也不知儿子使用的什么法术，邻居家的孩子再不敢欺负我儿子，并且偶尔还对我儿子喊"大王"，我觉得好笑，也没在意。

前几天正上着班，儿子从学校里哭着给我打电话："妈妈，我把同学的头给打破了，你快买点东西到医院去看看吧。"我大惊！赶紧跑到学校去问个究竟。儿子仍在哭，既委屈且害怕的样子。我找到他班主任，让班主任陪我先到受伤的学生家探望。班主任边走边告诉我她了解到的情况：两个孩子下课后闹着玩，那孩子先把我儿子推倒在地，儿子起来后又把他推倒在地，结果那孩子正好跌到讲台的棱上，后脑勺磕出一条口，鲜血直流，老师把他送往医院，缝了几针让家长带回家了。都是独生子，可想而知人家爹妈心里该有多难受多心疼吧。我忐忑不安着，心想那孩子若毁了容怎么办？若大脑受到震荡怎么办？那家长如果不太讲理怎么办？……提着礼物小心翼翼地按响门铃，孩子的母亲来开门，老师做了一下介绍，她友好地让我们进去，洗桃切瓜出乎我意料地热情，我坐在那孩子身边不安地看着他的伤口，说了很多表示道歉的话。走时我从包里拿出一部分钱放在桌上，让给孩子补充营养，孩子的母亲无论如何也不收。咳，算遇到位通情达理的家长。儿子放学后，很着急地问我他同学的伤口没事吧，并解释说他真的不是故意想把同学打成这样的。我理解，我相信儿子是无意伤害别人的，所以也不好再批评他什么，只是要求他以后多注意。

忽然不知道让儿子如此保护自己是对还是错。伴随着儿子的成长，或多或少会遇到这样那样的"烦恼"，在处理这些"烦恼"中，家长也在不断地成长。

2008.7.26

随笔

# 童言无忌

转眼之间，儿子已经八岁了，俨然成了个小男子汉。想想他那些随口冒出的有趣的童言，实在让人忍俊不禁。

## （一）

儿子两岁时，我带他去电影院看电影。第一次见到这样"壮阔"的场面，儿子开始很兴奋，后来逐渐不耐烦，拉着我的手说："妈妈，这个电视太大了，我们回家吧。"

## （二）

儿子吃饭一直比较挑剔，这是颇令我头疼的一个问题。有一次我对儿子叹道："唉，你怎么同猫吃的一样多？你看谁谁长得多壮，哪个不比你能吃？"儿子狡辩着："有的人还不如我能吃呢！""谁？"我问。"机器人，"儿子答。

## （三）

上学期数学考试，儿子的答卷上有一题这样写着：7 + 2 = 8。这么简单的题，让我哭笑不得。是真不会吗？NO！两个字，"粗心"。我苦口婆心地不知该怎样对他说："对于数学，除了动脑，还要细心细心再细心。你妈妈上学的时候，数学一直是班里第一，如果老师出道难题只有一人做出来，那人肯定是你妈！你怎么就一点不像你妈呢？"儿子满脸不屑地回敬道："别就知道夸你自己了，学习好怎么没当国家主席！"呵呵，"国家主席"岂是人人能当的？

## （四）

那天，儿子对我说："妈妈，你可倒美，还有这么多网名，给我也起一个吧。"我说："好吧，妈妈叫阿笨猫，你就叫机灵狗吧。"儿子又转向我老公："爸爸，你也起个网名呀。"老公随口说道："你爸我就叫'老狼在线'好了。"儿子听后，笑得前仰后翻："那我们家不成了动物世界了？"

## （五）

有一次儿子淘气，烦得我忍不住要拿家法伺候。这时，他仰起小脸问我："妈妈，你爱你自己吗？"我不知是计，回答道："当然爱了！"他说："电视上说的，爱孩子就是爱自己！你首先要爱我。"我抬起的手遂又轻轻放下。晚上，儿子又问我："妈妈，你到底喜欢不喜欢我？"我故意说："有点不喜欢。"儿子说："你不喜欢我，就是不喜欢你自己，因为我是你身上的肉。"儿子的话常常让我无言以对，这小家伙还真难对付呢。

## （六）

某天，我问儿子："你心目中最美丽的女人是谁？"儿子答："我妈妈！"我又问："你真的这样认为？"儿子说："当然是真的！骗人是小狗！"我不知见好就收，仍抓住人家不放："为

随
笔

什么觉得你妈妈最美？"儿子答："因为子不嫌母丑！"我差点晕倒……

## （七）

晚上睡觉前，我习惯看会书，所以床头柜上常常放置一摞书刊。某晚，再次下意识地到床头找书时，却发现一本也没有了。我自言自语道："奇怪！书也长腿了？"儿子在一边偷着乐呢："妈妈，是我给藏起来了。我不想让你看书，我想让你陪我睡。"

## （八）

春节后，儿子兴致勃勃地对我说："妈妈，我要用我的压岁钱给你买份礼物。"我问："哦？你准备送我什么礼物？"儿子答："太太口服液。"我感到惊讶，笑着问："怎么想起送我这礼物的？"儿子学着电视广告里的语气："太太口服液，让女人更出色！"

## （九）

前几天，我抱着猫咪看儿子写作业。一会，儿子抬头看了一眼猫咪，突然说："咪咪太幸福了！"我说："宝贝也很幸福呀！"儿子不无羡慕地说："你看咪咪，想玩就玩，想睡就睡，还不用做作业。我要是咪咪就好了！"

## （十）

儿子长得帅气，身宽个高，颇具"男子汉"风度，当然最吸引人的还是那对耳朵。一些熟人最初见到我儿子的第一句话往往是："哟，这孩子耳朵长得真好！耳大有福！"经常听别人这样说，儿子也开始注意自己的耳朵了。某日，儿子对着镜子照了半天，说："我的耳朵是不小啊！"然后问我："妈妈，当我长成大人时，我的耳朵还会跟着长吗？"我回答："是的，耳朵也跟着长。"他很有些无奈地说："啊？那我的耳朵不就跟猪八戒的一样了吗？"

2003.1.5

随笔

# 美发行动

　　美丽的头发需要专家。当我发现我的头发又该找专家的时候，我决定将此次美发的内容拓展为二：首先做直发，然后焗颜色。

　　当然，像改变头发颜色这样"大"的行动，我还是要事先征得我们家两位男士同意的。在老公不明确反对的情况下，我又简单通知了我们家公子，尽管他年龄尚小，但儿子独特的审美及思考常常能影响着我的决定，再说，我比较在乎儿子的感受，只要我在儿子的眼里是美丽的，那么我就是美丽的，嘿嘿。

　　这天恰是周末，阳光灿烂，心情虽不曼妙如歌，但还算不错。我交代儿子在家做作业，我说我要去染发。儿子听说我真的要去染发，马上睁大眼睛问我："啊？妈妈真的要染发？你想把头发染成什么颜色的？"我神秘地笑着："看看吧，可能要染成红头发。"儿子显然有些惊奇："那我还能认出妈妈吗？"我有些夸张地说："说不准。几个小时后你见到的可能就是一位崭新的妈妈。"儿子沉思了一会，忽然说："我有办法了！"然后跑进书房，几分钟后拿出一张纸片递给我："妈妈带好这个，回家时拿出这张通行证给我看，我才能放你进来。"嘿，好个狡黠的儿子！看着纸上画的那只可爱的小熊猫，我开心地笑着走出家门。

　　来到"漂亮宝贝"美发大厅，立马有热情友好的美发师

迎上来，招呼并介绍产品。我选择了效果不错的黄金游离子，同时指定了一位发型极好的帅帅的小伙子做我的美发师（他的发型让人爽心悦目，所以我才敢于把自己的头发交给他"处理"）。直发的整个过程需要四五道工序，时间比较难耐，幸好我随身携带一本小说，可以打发一部分时光，只是在夹板定型时，要坐直了身子一动也不能动，那是最考验人的。快要给头发上色前，我反而紧张起来，犹豫着究竟是染还是不染，或者染哪种色更适合呢？我的内心激烈地斗争了一小会儿，发型师开始问我："想好染哪种了吗？"我语气不够坚定地说："就染栗色的吧。"发型师说："根据你的气质和肤色，我建议你染紫红的，效果肯定不错。"我怕再不打定主意就要放弃染色的念头，只好豁出去了，干脆说："就依你的意见，但颜色要尽量暗。我不喜欢太张扬。"他微笑着："这种冷色调只有在阳光下才看得真切，在室内只是亮的感觉。"我漫不经心地应着："那就好。"心里想，其实我最爱的还是一头黑色的长发，今天只所以痛下决心染发，实乃心血来潮找找感觉而已。

经过长达六个小时的折腾，此次美发行动算是尘埃落定。对镜拂发，丝丝柔顺，富有光泽，"飘逸"一词随之诞生，俺终于也拥有了一头如洗发水广告里一样的秀发，爽极了！

骑着木兰缓缓地行驶在大街上，我暂且忘记了冬季的寒冷，只感觉丝丝秀发随风而舞，白云蓝天，歌声飞旋，情怀亦如少女般浪漫，猛烈间想起了一首诗：你来不来都一样／竟感觉／每朵云都像你……无意中又被我从心里吟成：我来不来都一样／竟感觉／每朵云都像我……

就这样一路幸福着、傻笑着，不知不觉就站在了自家的门口，优雅地抬起手按响门铃——

稍倾，儿子从屋内传出一句："是谁呀？"我学着动画里兔妈妈的语气："我是妈妈。"儿子还未忘记纸片的事："请拿出通行证。"我从口袋里摸出"证件"对着猫眼说："请过目。"这小家伙审查完毕才放我进去。我神采奕奕地先拥抱我们家"小宝"，再去拥抱"大宝"，就等着他们夸我呢。谁知这爷俩盯着我足足看了一分钟后，异口同声说："你没染发啊？"我故作深沉道："真是傻冒！我头发的颜色只有聪明人才看得出来呢！"

2002.12.12

64

# 等车经历

　　二十年前，我刚参加工作，交通很不方便，乡间公路都是土路，周末回老家基本上是骑自行车。记得有一个星期天，回老家时我没有骑自行车，而是坐县城至乡镇老家的班车。当时同乘车的一位经常往县城送货的生意人告诉我，那趟车回县城很早，大概在早上五点多钟，一天只跑一趟。

　　那天晚上，我几乎一夜未合眼，家里没有闹钟，怕误点！那么早就去等车我也怕黑，母亲说她送我，因此母亲一夜也没睡好。母亲第一次开灯时，我抬头看了看墙上的表，正好午夜十二点。重新躺下后，可怎么也睡不着，觉得过了好长时间，看看窗外也明亮，我认为一定是到点了，便喊母亲开灯。那一刻母亲刚睡着，正发出均匀的酣声，我便悄悄打开灯，却又把母亲惊醒了，结果一看才凌晨两点！窗外月亮正明，我后悔没耐性错把月光当晨光。母亲第三次开灯时，刚三点多！不知过了多久，我又向窗外看，窗外比先前暗了许多，月亮一定早落了。我这才很自信地让母亲开灯，是四点半！我和母亲开始起床、收拾，倒了杯热水，洗完脸，已五点整，我们一起走向车站。刚出门时，天黑得伸手不见五指，只有漫天的星星，眨着惺忪的睡眼，照着我们深一脚浅一脚地慢慢前行。大概有五六分钟吧，我们才适应这"黎明前的黑暗"。到车站时，还不到五点半，便开始了漫长而焦急的等车。这时的我，越来越冷，同母亲依偎在草垛旁，也不感觉到暖意，

便想了一个办法，"跑步"！于是，我拉着母亲在公路上来回跑步，后来才渐渐感觉不到冷了。东方，也开始由白变红，启明星在变暗，天快亮了！路上依稀有了行人，我和母亲却还在翘首期待那辆至县城的早班车，一直等到天大亮，太阳跳出，时针开始指到八点，也没等来那趟望眼欲穿的车！一打听，方知前面修路，暂停通车。白白折腾了一个晚上加一个早上，甚至连累我的母亲一起受煎熬。还有最让我着急的，是不能按时到单位上班了，然而附近又找不到一部可以请假的电话，只好回家骑自行车上镇邮局，打完电话再骑车回县城。

仿佛发生在昨天，多年后我依然能清晰地记起那次等车经历。二十多年来，仅从交通这一项，就让人深切地感受到了家乡的沧桑巨变。远的不说只说近的吧，三年前全县实施了"村村通"，修了水泥路，并且宽敞的大道直通我家家门，现在回趟老家，要么开着私家车，要么骑摩托车，即使坐班车也是每隔半小时一趟，再不用为等车所累。只有改革开放，才有今天的大发展、大变化；也只有改革开放，我们才会走进一个又一个更便捷、更富足的新时代。

2009.3.19

# 童年的"年"

　　童年的"年"，是穿新衣的喜悦，是零食相对丰富的诱惑，是对压岁钱的渴望，是爆竹声声的热闹，是琢磨各家门上春联的乐趣，是相互祝福的祥和。童年的"年"，总是在长长的期待里姗姗而至。

　　年初一的早上，天不亮就要起床。母亲总是起得最早，点炉子，煮鸡蛋，再于饭桌上摆好简单的酒菜，以便邀请来拜年的人喝上两杯。父亲则在屋内置一火盆，燃着旺旺的木头，预示着红红火火。我和妹妹似乎是最兴奋的人，美滋滋地穿卜只有过年才可能有的新衣，洗把脸，等哥哥们放完鞭炮，我们就该给父母磕头了。那时只知道给长辈磕头是过年必备的一项程序，再说磕头还能得到些许压岁钱，心里甭提有多高兴了。直到多年以后才明白，给父母磕头其实是一种良好的祝愿，也是答谢父母养育之恩的一种古老的方式。长辈给孩子压岁钱，同样蕴含着许多美好的期望。所以，即便我和妹妹耍赖不磕头，母亲也会将几角或几元钱认真地装入我们的口袋里，之后边烤火边吃煮鸡蛋、糖果、瓜子等，那年月很少见到零食的孩子们便可以从中"吃"出个美妙的年味来了。

　　拜年，是必不可少的，小时候也非常愿意参与。目睹大街小巷人来人往，相互道着"过年好"，格外亲切。最开心的是，不管去了哪家，都能得到一些好吃的，只是自己的口袋太小，装不了那么多。到了比较亲近的人家里，或多或少还

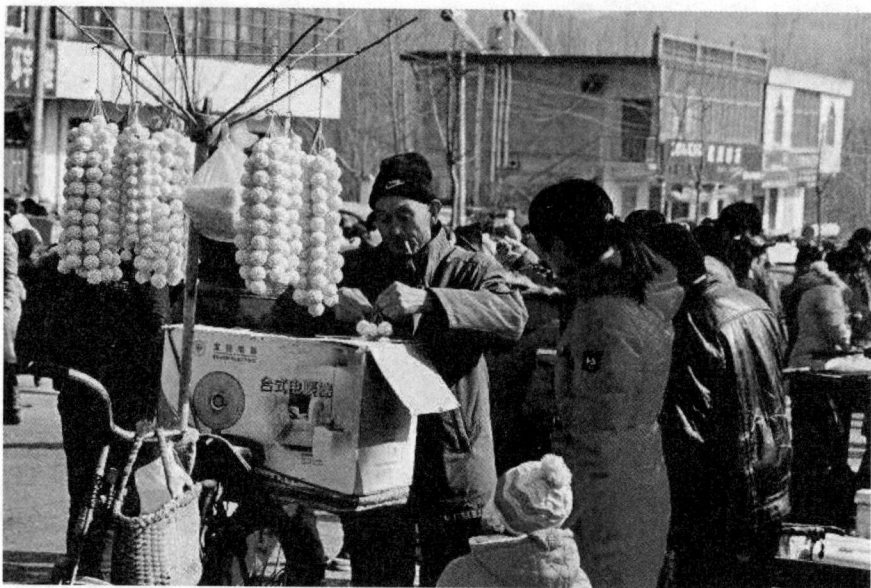

会得到一些压岁钱。拜年完毕,最主要的任务是清点一下收入,然后集中到一个口袋里,时不时地按一按、摸一摸,生怕那些美丽而神奇的能换来好多东西的花纸不翼而飞。想想这些镜头就像做梦一样,不禁失笑,笑过之后心底又生出隐隐的痛,那时的父辈该是多么的不容易啊!看现在的孩子面对几百甚至上千的压岁钱眼皮也不眨一下,我就纳闷,童年的我们怎么就会对几元钱的压岁钱也心潮澎湃呢?

比起邻家的孩子收的压岁钱全部上交给家长来说,我们算是幸福多了,只要将数额如实汇报给母亲,然后保证不乱花,就可以当作自己的"小金库"而自由支配了。手掌捂着袋里的钱,心里却盘算着如何潇洒一把。瞅准赚钱机会的生意人,是不会轻易放过春节这样一个好时机的。未到中午,就会有一些人带着各种吃的玩的沿街叫卖。这时,我会神情坚决地掏出一张来,花几角钱买上两串酸酸甜甜的糖葫芦或香喷喷的米团。然后,我们会去看一场电影,或者去邻村观看一场民间文艺演出。事实上,那时的我,或许更多的人,对临时舞台上的戏剧并非真正感兴趣,喜欢的就是那股场面壮大的气氛,我想多半是为了看热闹罢。在那个物质生活及精神生活都相对贫乏的年代，唯有这样，才觉得过足了"年"味。

仿佛一晃间，就过了而立之年，再回眸儿时的关于"年"的情景已是越来越遥远。现在过年真可谓想怎样就怎样，或者外出旅游，或者去酒店订一桌山珍海味，或者到超市里随心所欲地购物。社会在飞速发展，人民群众也在充分享受发展成果，老家的面貌早已今非昔比，平滑宽阔的水泥路，密集成片的加工厂，整洁文明的新乡村，漂亮温馨的四合院，夏有凉风吹，冬有暖气溢，许多年不见了烤火的盆，小日子反而越来越红火了……

2003.1.25

随笔

# 沂蒙煎饼

　　我不是个太挑剔的人，但这并不意味着没有偏好，或者对某种东西有着特别的感情倾向，比如煎饼。

　　前不久，好友二月春风给我电话说，她家乡的人捎来一大包小米酸煎饼，知道我曾在酸煎饼的产地工作过一年，想必感兴趣，于是让我去她家带点吃。她轻描淡写地说着，我却被她的酸煎饼给击中了，当天就沉不住气去了她家，并且毫不客气地拿回来一包。吃第一口时有点酸，第二口能适应，再吃就找到感觉了。十年前我毕业分配到鲁中，住单身宿舍，吃食堂，而食堂里基本上以馒头为主，时间长了就起腻，于是就想吃煎饼，并且不停地逛街寻找。街上卖的煎饼是清一色的黄，柔韧且亮泽，很是诱人，品种不外乎两种，玉米酸煎饼及小米酸煎饼。第一次吃感觉酸酸的，不大习惯，我问当地人，为什么好好的煎饼要让它泛酸呢？对方回答："要的就是这种特色嘛。再说这种酸也不是无原则的，是需要技术的，让面粉发酵到一定程度才会有酸味，在时间与环节上都要控制好，过了就成为变质的酸，则不能食用。"据说这种酸还对人体有益，能促进消化。有些东西就是如此，因为了解，所以喜欢。再加上别无其他煎饼，渐渐地，我开始钟情起酸煎饼了。

　　至今清楚地记得，我那时独创并喜欢着这样一种吃法：煮几个鸡蛋，买一包虾皮，剥上棵大葱，将这三种食品适量卷入酸煎饼内，酸辣咸的味道的确能调动起人的食欲呢！即

便是现在，如此吃法依然开胃，感兴趣者一试便知。就是这种简单而又不让人生厌的吃法，陪伴我过了一年。后来由于工作调动，远离了鲁中，也远离了酸煎饼，这一别竟让我私下里回味了多年。

相对来说，鲁东南地区的煎饼花样比较多，机器的、手工的、还有半自动的，成分有小麦、高粱、大豆、小米、大米和玉米等，但是没有酸味，同鲁中明显不同，甚至地上长出的大葱都略带甜味。类似当地人，无论说话语气还是与人相处，都柔和了许多。所以，我不止一次地想过，因环境、习惯等因素会不同程度地影响到人的性格形成，从一个地区的食品文化也可以折射出当地人的一些品质，不知是否有道理？沂蒙人能吃苦耐劳，肯下功夫，因此能在小小的煎饼上大作文章，进一步将煎饼发扬广大。时至今日，种类已多到枣、香蕉、苹果、梨、黑芝麻等煎饼，独特的风味，精美的包装，让沂蒙煎饼声名远扬。当地流传着这样一段佳话：曾有"老外"来此地考察，宴席上，看见盘子里盛放的煎饼颜色鲜亮，细腻软滑，误以为是手帕之类，拿起来便擦嘴，翻译立即解说那是食品，叫"煎饼"。"老外"看着这薄如蝉翼滑如丝绸的东西惊奇不已，当他了解到此种精美食品的幕后总指挥曾是下岗女工时，不由竖起拇指赞叹："了不起！"随后签订了一份购货合同，并有意向投资加盟。这段插曲，足以说明煎饼的精致已上升到其他主食不具备的层次，并将以其独特的魅力逐步占据市场。

限于周围的生活习俗，我是吃着煎饼长大的。目睹着煎饼的发展历程，感叹之余，对煎饼又有着一种难以割舍的情结。小时候，煎饼种类贫乏，记忆里以一种地瓜成分制作的煎饼为主，颜色暗，呈淡褐色，薄如纸张，吃到嘴里甜丝丝的，谈不上什么营养，以解决温饱为主。因便于存放，各家习惯每逢周末就用手工烙上厚厚的一叠煎饼，然后吃上一周，周而复始。说句心里话，地瓜煎饼虽不耐看，但不难吃，可是终究还是被淘汰了。具体不知从哪年开始，地瓜煎饼被小麦、玉米等代替，机器加工的煎饼也以物美价廉的优势走入人们的视线，并且风味煎饼作为地方特产正逐渐吸引着人们的眼球、刺激着人们的胃口。生活在变，煎饼也在跟着变。不可否认，随着人们生活水平的提高，煎饼无论在质量上还是在花样上，都在朝着求精求新求异的方向跨步，由"温饱型"演变成如今的"特色型"，从煎饼身上既看到了文化的差别，又或多或少地浓缩着时代的特征。

煎饼肯定还会变，但是万变不离其宗，那种稍用点力慢慢咀嚼才能品出滋味的吃法不会改变。不管生活达到怎样的"小康"还是"大康"，也不管煎饼经历一次次创新变化最终会长成啥样，我都有理由相信，能隔三岔五不离不弃地呈现在我的餐桌上的，依然是那一张张亲切的面孔——沂蒙煎饼！

2011.3.9

# 怀念一种芝麻灶糖

刚进入腊月，大街上便开始卖灶糖了。来来回回经过卖灶糖的摊子，我无动于衷。直到腊月二十三(俗称小年)的这天，我才想起买一块。十元钱一斤，有两巴掌大小，一指厚。颜色黄晶晶亮泽泽的，咬一口，甜、酥、脆、粘牙，做工比较精细，营养价值也高。可是每次吃不完就慢慢融化了，看似不大的一块最终总要被扔掉一部分。这与记忆里灶糖的命运截然不同。Why？

从记忆起，老家的人都要在腊月二十四过小年，也叫"祭灶"或"辞灶"。后来见有人家在腊月二十三就过小年，心中好奇，便询问母亲。母亲答复："君辞三，民辞四。"与说法"官辞三，民辞四"意思相同。于是明白，普通民众的风俗习惯，是不能与王侯将相等同的。其实，哪一天过小年并不重要，重要的是小年这个节令所营造的传统氛围已经不可或缺。每年的那一天，远行的人该回家的基本上已到家了。按风俗，那天要包水饺，还要炒上几样可口的小菜。晚饭后，要摆上灶糖祭灶王爷，然后用秫秸类东西制作一匹形似正要飞奔的马，准备就绪后开始燃放鞭炮，并嘱咐着"上天言好事，回宫降吉祥"之类的话，大意是让灶王爷吃完灶糖，骑上马儿去给玉皇大帝多多禀报善事，让龙颜大悦，期冀着来年丰衣足食。

祭完灶神后，便是孩子们最开心幸福的时刻：可以分吃灶糖了！印象里那种灶糖是用糯米、蜂蜜、白糖和芝麻做成的，

一根根长方体的灶糖像黄灿灿的金条一样诱惑人心，其上点缀的芝麻简直就像小星星一样可爱迷人。闻着也香，吃着更甜，不软不硬，余味无穷。每人分几块后，剩下的大人也不舍得吃，再掰开，分给孩子们，懂事的孩子便又塞进父母嘴里。看孩子们一点点吃完，把碎渣也倒进嘴里，露出满足的样子，大人们也是极开心的。那时候曾认真地想，等长大了，挣很多钱，一定要买很多这种芝麻灶糖，让全家人好好享用，同时分给那些物质生活更贫乏的孩子们。蓦然回首，儿时曾在某一瞬间产生过的简单的梦想早已忘却，那种芝麻灶糖不知从何时起也更新换代，直至今日面目全非，再不见当年那种灶糖的模样，再也没有了当年吃灶糖的那种强烈的愿望。

　　我在想，如果市上仍出售着二十年前的那种芝麻灶糖，果真还好吃吗？不得而知。但我知道，那种无比香甜、回味悠长的感觉，早已扎扎实实地留在童年的记忆里了。

2002.1.8

# 圣诞礼物

　　常常想，如果生活中没有这些数不清的节日，该是多么沉寂、乏味呵！人们因了节日而忙碌、而兴奋、而感动、而怀念，流水般的日子便拥有了一个个美好的名字，平淡的生活便增添了些许鲜亮的颜色，散乱的年华便被一个个特别的日子点点串起，人生也多了些值得回味的东西。

　　比方说圣诞节吧。尽管来自西方，但我还是蛮喜欢的。既然这个西洋节能飘洋过海来到咱们的地盘上落户并大受欢

迎，自然有他的道理。存在即合理，不是吗？

以前儿子会不停地问我：圣诞老人是从哪儿来的？他会给每一个孩子送礼物吗？

我就一遍遍地重复："圣诞老人和两万头驯鹿一起住在芬兰北部的一座耳朵山上，因为山有耳朵，圣诞老人可以听到世界上所有孩子的心声，表现好的孩子，将会得到礼物，而坏孩子则要挨鞭子。每逢圣诞夜，圣诞老人就会赶着驯鹿、拉着装满玩具和礼物的雪橇，通过烟囱，挨家挨户给每个好孩子送上他想要的礼物，把礼物装在新长筒袜里或塞在枕头下，给孩子们一个意外的惊喜……"

所以，每年的圣诞之夜，我都会冒充一次圣诞老人，待孩子熟睡之后，把买好的礼物悄悄放在他的床头或枕下。等到第二天一早醒来，儿子看到枕边的圣诞礼物后，则发出一串开心的笑声。那笑声里有惊喜，更多的则是被圣诞老人喜欢、光顾的幸福。

儿子一天天长大了，他不再缠着我给他讲那个老掉牙的故事。也许他早就知道那个送礼物的人，实际上是他的妈妈。而那个圣诞老人，也仅仅是个美丽的传说而已。

"妈妈，圣诞老人今年还会送礼物给我吗？"

"当然会啦。"

"他会送我什么礼物呢？"

"不知道啊。你希望送什么呢？"

"不告诉你。圣诞老人那么神奇应该能猜到的吧。"

彼此神秘地对视而笑，彼此又心照不宣。

其实，我真想把这样一个独特的节日里所带给孩子的独特的快乐保持下去，让他在童真中长大成人。

　　此时的小城，节日的气氛已经弥漫在每个角落了。一路上川流不息的车流，接踵而至的人流，无数的彩灯将城市的街头装点得格外灿烂和热闹。去超市的路上我一直在想，儿子究竟想要份什么礼物呢？也许，他并不真想得到什么，因为现在的孩子物质上实在太丰富了。他就是希望圣诞老人会一如既往地光顾他的枕边，因为他是个好孩子。

　　既如此，我们不妨在平安夜里，揣着一颗童心，望着闪烁的星空，同孩子一起，充满幻想、充满期待地盼着那位神秘、可爱、热情、慈祥的圣诞老人的到来吧……

　　　　　　　　　　　　　　　　　　2005 年圣诞节

随笔

# 又将除夕

　　这几年就像固定好模式似的，春节一放假就去婆婆家。除夕之日，也如编好的程序样基本不变，往往是上午做饭，下午吃饭，之后从老中青三代中挑选四人打麻将，其余的看电视。我们一直娱乐到午夜，放完鞭炮，再吃年夜饭，然后睡到第二天太阳老高还不想醒。那一个个本来意味深长的除夕，就在这种平平淡淡、嘻嘻哈哈、稀里糊涂的气氛中过来了，再没有了往日在娘家度过的浓浓的年味，有时就特别怀念旧时的春节、旧时的除夕。

　　那浓郁的乡下年味，大概就是积蓄到除夕这一天才淋漓尽致地散发出来的吧。早饭后，便开始忙碌了。母亲厨艺最高，一直是我们家掌握"主勺"大权的，嫂子们负责帮厨事宜，父亲就带着孙子们打扫房前屋后、小院内外，三位哥哥主抓与对联相关的工作。顺便说一句，我们兄妹写的字都能拿得出门去，毛笔字最好的当属大哥和二哥，也因此，大哥为别人写下无数对联。每逢除夕，村子里很多人都习惯性地早早地就把红纸送来，让我大哥给帮忙写写。大哥总是很热心，我长这么大也未见他拒绝过别人，这一点非常像我母亲。大哥每次一坐下，基本上就是龙飞凤舞一整天，一直是面带微笑从不言累，而我和妹妹帮着晾晒、整理对联都觉得很忙乱。二哥主要负责写我们家的对联，他喜欢搞些"原创"，并积极地要求我们每位成员都参与。这是比较开心有趣的一项活动。

二哥是我们家的"秀才",在军队做过多年的宣传工作,后从政,想出的对联多数豪放、大气。三哥则不同,他想的对联皆与他那片天地(果园、树林、鱼塘等)有关,直抒胸臆,目标直奔发财,倒也幽默喜庆。我和妹妹就在那挖空心思地想呀想,都希望能灵感突发心生妙对而赢得家人的掌声。母亲虽没文化,但喜欢听书、看电视,以不同凡响的记忆力记住了里面的很多成套的话,甚至诗句,所以也喜欢参与进来。俗话说"背会唐诗三百首,不会做诗也会诌",这话太有道理了。我想我母亲心里肯定装着许多一套一套的理论,随口就能说上两句。比如那年除夕,母亲正炒着菜,脱口而出"全家一条心,黄土变成金",让我们兄妹齐声叫好。此语从"文化人"嘴里说出来倒也没什么,但是出自只上过两天学的母亲之口就颇令我们激动,都没忘记及时鼓励母亲一句,让母亲笑得合不拢嘴,愈发兴趣盎然。

随笔

对联写好后,三哥已将糨糊备好,我和小妹协助三哥,从最外边的大门开始贴,一直贴到内屋。在贴对联前,要按风俗拿一把崭新的条帚扫掉门上的尘土,再将"新桃换旧符",意味着重新开始美好的一年。

贴完对联,大厨三嫂已把饭菜做好,在一挂长长的鞭炮响过之后，便开始了那顿重要而又丰盛的晚餐。三哥是我们家最能活跃气氛的人，每逢此时，他总是提议以猜火柴棒的形式喝酒，或者在酒瓶子上横置一根木筷，旋转完毕，指向谁就谁喝。在我的记忆里，只要猜火柴棒，我母亲的"中奖率"总是最高，有时怕母亲喝醉了，我哥就要替喝，而母亲总是开心地笑着说："没事，醉了也高兴！"此时的我，看看门上红红的对联，再看看围饭桌一圈的亲人，那种浓厚的年味以及详和的气氛，便开始让我陶醉了。

除夕之夜，还要将大年初一吃的水饺包好，这也是一种当地风俗，为的是新年那天都不用干活，大概意味着享一年的清闲吧。亲人们围坐在一起边看春节晚会边包水饺，也是一项很有意思的活动呢。我们人手多，都积极参与，用不了多长时间就在欢笑声中搞定。由于技术各异，致使水饺花样百出，比小品还小品，让人忍俊不禁。值得隆重表扬的有以下几位：大嫂包的水饺突出了女性的柔美，中间都弯着腰，像羞答答的少女，不仅好看，用筷子夹起来也方便；二哥包的水饺以造型奇特、漂亮著称，有的像燕子，有的像珊瑚，有的像小船；三哥的擀皮手艺最绝，能同时旋转出二至三个饺子皮，令我等不得不服。其他不点名的都属于大众化水平。别看我们手里忙着，嘴里不闲着，看到晚会精彩处也不忘"啪啪"拍上两下子，喊上一句"好"，挺让人兴奋的。远在新疆的大姐，每逢此时不忘打一个长途电话，分享快乐，祝福新年。总之，这不仅是一场欢乐而热闹的亲人大团聚，还是一年一度的手艺大展示呢。

忙完了这些，全家老小坐在一起熬夜守岁，共享天伦之乐，或者举办家庭联欢，二嫂这个歌星就成了主角。直到零点的钟声响起，哥哥们开始燃放鞭炮，之后，我们便沉浸在从四周涌来的一阵紧似一阵的炮竹声中甜蜜地入梦……

2003.1.22

# 许个愿，又一年

　　面前的日历只剩下最后一页，又是一年将要结束的时刻。站在辞旧迎新的节骨眼上，该做些什么好呢？

　　朋友刚寄来的贺卡上写着：许个愿吧，你的愿望会在我的祝福里破土！心里刹那似有种被天鹅的羽绒轻拂了一下的柔软。虽然愿望类似于梦想，实现起来总是与目标相距太远，但如果连梦也懒得做，那做人也未免乏味了些。

　　回眸过去的一年，并非所有的愿望都没有实现。走了N年的路拓宽了，交通工具更新了，住了N年的楼房也即将重建了，爱的人都平安，心仪的朋友也依然在身边……

　　展望新的一年，又一个崭新的春天，又一季耕耘，又一季收获，谁不想在这个时候，再次放飞理想的翅膀向未来的日子撒撒娇许许愿？

　　近读杂志看到有个女孩许下这样的愿望："我希望世界和平。如果这个愿望被别人许下的话，我希望能收获一份爱情。"沉思良久之后，便有些感动。多美好而朴素的愿望啊，由远及近，既不俗又切身。

　　是小草，就向往染绿大地；是水滴，就向往汇成海洋；是篝火，就向往燃成烈焰。就让我们的锦心绣愿，荡漾在小河的碧波里，舒展在春天的嫩芽里，闪烁在夕阳的霞光里。

　　也许，有一种高度，心灵永不能企及，有一个愿望，尘世永不能相许。那么，我们不妨也顺着那个女孩的思维，让

随笔

愿望更贴近生活，让简单充满快乐，让平淡变得有意义。

或许我们一生都要在异乡漂泊，而心空挂的却永远是故乡的那轮明月。有位同乡在外地打拼了N年后发迹了，出息了，最终却又回到家乡投资发展。无论我们身在他乡还是远方，那山那水那故土那亲人，一直会是我们灵魂深处的牵挂。所以，我希望我的故乡历经岁月的风霜后愈显安逸，我希望我的亲人永远平安健康。

红颜弹指老，刹那芳华逝。所以，我希望珍惜每一个相守的日子，我希望都要好好地活着，活成一棵树，不会因风雨而弯曲；活成一片湖，不会因季节而干枯；活成一朵花，把生命的芬芳留给年华。

"一季有一季的着色，一程有一程的领略。"每一种生活都浮动着诗意，每一片叶子都蕴藏着一首歌。路漫漫其修远兮，我们的目标永远在前方。把一个个新鲜的愿望挂满来年的路上，让她们在热气腾腾的年味里闪着诱人、喜悦的光芒，召唤着我们一路前行。倘若能顺带着实现几个，那就更爽了。

是啊是啊，想着想着心里就乐开了花。趁此刻正站在这

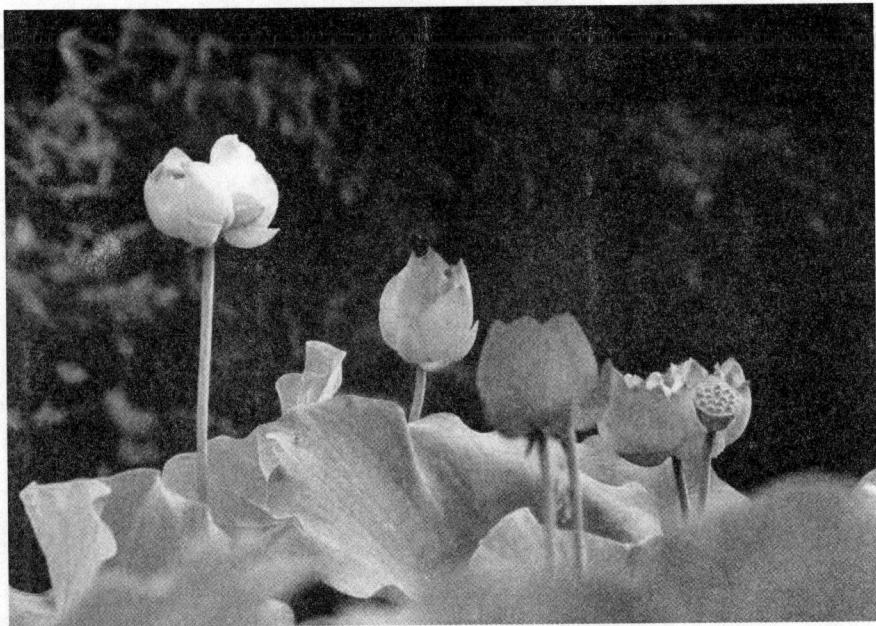

辞旧迎新的节骨眼上，快让我们一起许个愿，送走人间又一年：愿你把所有的梦都实现，愿你拥有温暖的家和幸福的脸，愿你健康快乐每一天，直到永远……

2005.12.30

随笔

# 好像花儿开在春风里

　　迎着清晨的第一缕阳光走出家门，沐浴在三月里的春风里，尽管昨日的寒流还未彻底褪却，还是感觉到了融融春意。

　　带着儿子到永和豆浆店吃早餐。手机短信响起。是小妹发来的："生日快乐！"

　　多快呵！就那么不经意间，三十多个春秋随风而去，生日在不知不觉中悄然又至。——于是，今天成为一个特别的日子，至少于我而言是这样的。

　　走在上班的路上，心已经飞出很远很远，三月的风吹不散我的神韵。我神采飞扬，长发飘逸，踏着轻盈的步履，时而驻足远望，时而明眸顾盼，感受着大自然的轮回，觉得整个人都年轻了。那些飞花、柳絮还有草坪上的露珠，似我一路随意抛洒的诗句。

　　自我感觉多么良好的一刻啊，像一朵花绽放在春风里。想起一位叫灵梅的朋友，那天还在论坛里颇费心思地论述了《女人四十一朵花》。其实只要情感没有枯萎，只要心中装着春天，只要心情曼妙如歌，不管三十、四十还是五十，说不定哪霎就灿烂一下呢。

　　处理完工作上的事务，又任思绪放飞了一阵，该下班了，急急忙忙赶回家。按门铃，儿子开门，并且一副兴高采烈的样子，说："妈妈，祝你生日快乐！"接着，儿子从背后变出一束鲜花来，是康乃馨。

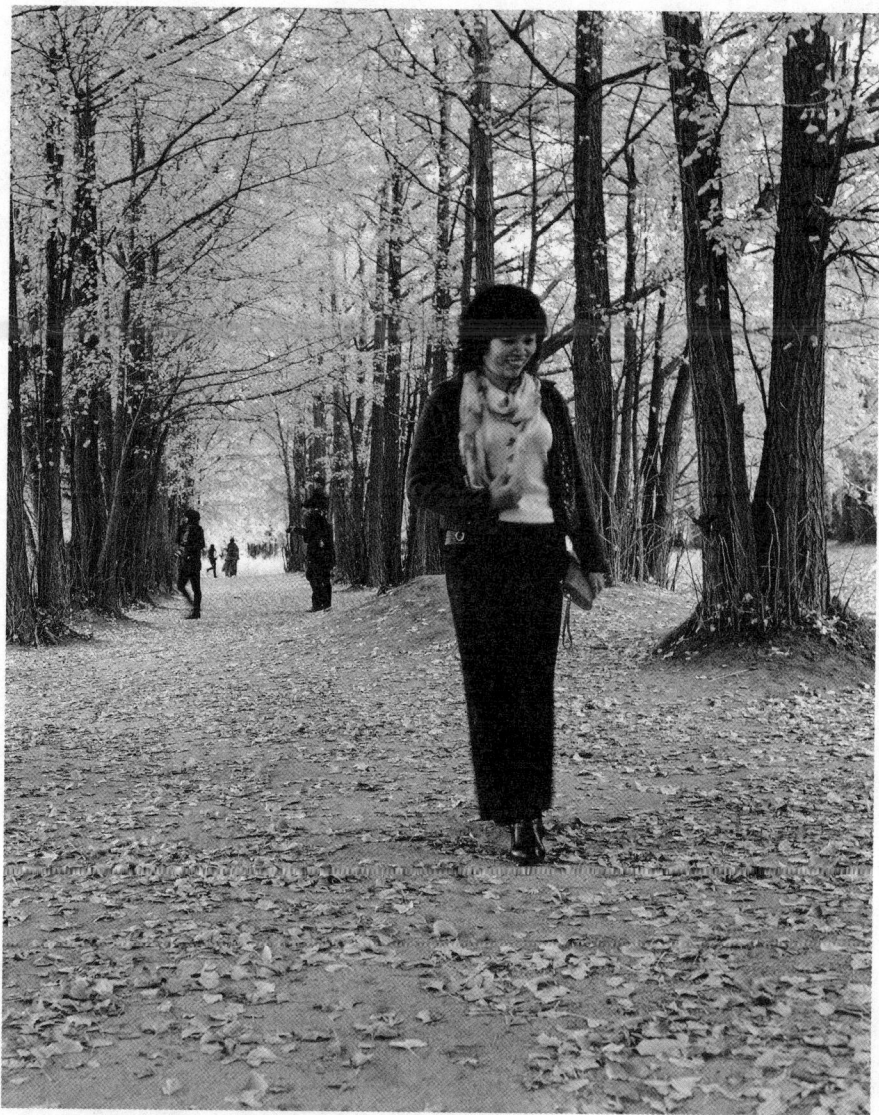

"好美哦，谢谢宝贝！是你爸买的吧？"

"是我买的，不过爸爸给报销了。"儿子狡黠地一笑。

"主意不错，妈妈好喜欢！"我嗅着花作陶醉状。

儿子又神秘地送上一张贺卡，是他亲手制作的，看样子花了不少时间呢，满纸都是 HAPPY、HAPPY、HAPPY……

这时，老公从厨房笑咪咪地探出头来说："大猫小猫快洗手，准备吃饭。"然后顺手打开 DVD。这个刻意安排的小插曲，让我真的有些激动。当悠扬的乐曲响起的时候，我就知道我要醉了。纵然岁月的脚步带走青春的容颜，我也不会忘记，一个幸福的小女人，曾经在这样一个夜晚，摇曳在这样一片温暖的烛影里……

儿子又摆出一副故作深沉的姿态，说："还有更惊喜的礼物等着你呢，等吃完饭再说吧！"

"哦，是吗？"我大惑不解。

"是的，我和爸爸早就商量好了。"

换了平时的我，一定急着想知道答案，可是这一次，我不想花时间去猜，只想安心的等待。

假如此刻，我的心化作一只美丽的彩蝶，翩然飞舞于绿草丛中，或停驻在某一朵花蕊间，那必将是一道动人的风景：

"在哪里，在哪里见过你，你的笑容这样熟悉，好像花儿开在春风里……"

2005.3.11

# 恋恋紫藤

　　传闻中的紫藤是一种很美很浪漫的花，可我一直没有机会遇见。所以，多年来那抹浅紫犹如一首温婉柔情的诗行般，一直萦绕于心。终于选在一个桃花盛开的日子，与同事一起春游，顺便去寻觅心中那份流动的紫韵。

　　穿行在桃红柳绿间，你也许不会注意到从山野里一户普通人家院墙上爬出的藤蔓，可就是这看似不经意间的一瞥，让我惊喜地发现这是一棵与众不同的树。主人介绍说，是紫藤，树龄有三十多年了。哇，梦里寻她千百度，有缘何须费功夫！就这样，我与梦中的紫藤有了初次美丽的邂逅。

随笔

一时兴奋得有点不知所措，目光在虬枝缠绕的紫藤树上来回游移。正值乍暖还寒时候，枝丫刚刚萌绿，那些顶在枝条间，迫不及待欲绽放的花苞，透着淡淡的红，有着澄明的质感，薄嫩如婴儿的肌肤。轻轻抚摸，似乎还可以感觉到生命的汁液在叶脉间暗涌。是在向我低语吗？还是在酝酿一曲春深似海的旋律？

记得李白曾有诗云："紫藤挂云木，花蔓宜阳春。密叶隐歌鸟，香风流美人。"想象着，在一片繁花如瀑鸟语花香的画面里，与你携手同看夕阳西下，感受空气里悠悠散发的淡淡香气，细细体味流动着的紫色柔情和浪漫，然后陶醉在一个美得叫人晕眩的黄昏里。忍不住心向往之。

于是在一周后的今天，在日夜惦念中，终又与这棵紫藤有了第二次的重逢。

春天多么像一位神奇的魔术师啊，春风拂过，一切都会变幻出媚迹。车还没到紫藤人家的门口，远远地，就感觉到空气中浮动着丝丝暗香。春意盎然的院墙外，紫藤花儿已经开得空幽而烂漫，一眼看去，似一串串熟透了的葡萄坠在墙外，又像一串串紫色的珠帘摇曳在风中。同几天前花蕾营造的气氛截然不同。

近看，一面古老粗犷的墙壁背景，愈发反衬出紫藤花的美仑美奂。宛如古典的女子，轻解罗裳，慢舒皓腕，笑意盈盈，眼波流转，伴着旧时的烟云婆娑起舞，或静若处子……

走进院内，来不及同热情的主人闲谈，便把目光投向粗壮的树本。老树上萌发出许多粗细不等的株条，有的已被主人伺弄成漂亮的盆景，更多的则被主人引导上了人为的藤架。此刻，架上的紫藤花都在悬空依次怒放着，热烈中又透着一分矜持，清幽的香，缠绵的藤，柔和的色彩，一串串如流苏般纷垂而下。小院里一时姹紫嫣然，盈满温馨。

我在紫藤架下静立了许久。她大概与我同龄吧。几十年的时光就在花开花落间流逝。她一定也经受过无数次风雨，看淡了岁月的轮回，可是她的波澜不惊注定了她是如此美丽，每一片叶子，每一朵花儿，无不在悠然地展示着生命的魅力，年复一年愈显风姿卓约。也许，花如人，人亦如花。

徘徊又徘徊不忍离去。那是怎样的一份纠缠、一抹色彩呵，只一眼就犹如缘定三生般地被深印于心。一定也有一种这样的情感，像阳光下的紫藤一样，相互缠绕着，攀越着，衬托着，淡定而从容地享受生命的每一个瞬间。

2006.4.19

随笔

# 相约牡丹

记忆里，一直都有你的影子。

不只因了你富丽饱满的形态、艳丽夺目的色泽、雍容华贵的气质，也不只因了你作为国花在人们心中特殊的地位、民族精神繁荣昌盛的意寓、人们对生活美好憧憬与祝愿的融入，更因了一个神奇的传说。——相传我国第一位女皇武则天酒后醉言，下令百花于立冬时节同时盛开，诸花不敢违抗，唯独你抗旨未放，显示出不屈的个性、坚贞的气节，武则天一怒之下，将你贬谪洛阳。正因此，你赢得了更多人的喜爱与赞赏，包括我。

春天里，江北乡间的小巷总是很亲切很幽静，一边是我家吐绿的枣树，一边是邻居那紫色的梧桐。梧桐树下，有两株葱茏茁壮的牡丹，每到四五月份便枝繁叶茂，鲜花盛开。花瓣重迭硕大，淡香四溢幽远，露润绮丽容，风袅妩媚姿，繁华大气，神韵十足。家乡很少见到这种花，比较稀罕。邻居也曾将牡丹四周长出的新株挖给我们栽植，却一次也没成活。母亲说牡丹是娇贵的名花，并非人人都能养得。后来便不再费神栽于自家的园子。后来看了小说才知道，每株花都代表着一位女子，都是有灵气的。

而我——当年那个羞答答的女孩，不善串门交友，却与你有着特殊的情感。每每牡丹盛开时节，总要傻傻地随意地在邻居家流连上无数次，只为走近你身边，嗅了再嗅，满怀着憧

憬，轻轻地诉说，静静地相视，什么心事也不曾瞒你。花谢了，再等待来年春天，周而复始。那是一种心有灵犀的交流呵，想来应该感谢有你，让我拥有美好而持久的期待与希翼……

多年后，故乡的街道早已重新规划，老房子也几经建设，树木吹了，牡丹不再，一切都失去了原来的模样。那两株花魂，究竟飘到了哪里呢？闭上眼，空气中依然弥漫着你的气息。

不知不觉光阴已去，一声叹息都会老去。所以我们懂得了珍惜。

所以，当满园的牡丹呈现在我的眼前时，除了诧异，更多的是惊喜。经过数个漫长的冬季，以及许多无梦的暗夜，醒来，你已灼灼于枝头，或傲然于尘上，像一个个华丽矜持的女子，在云中轻歌漫舞，把清香洒在天地间。不愧是国色天香呵！要不诗人也咏不出诸如"何人不爱牡丹花？占断城中好物华。疑是洛川神女作，千妖万态破朝霞"的句子。

多么倾心的一次相遇，忽然有种幸福晕眩的感觉袭来。

不见你的日子，也许忧郁过、黯淡过。但是此刻，感受着这样的灿烂这样的经典，我的心似春风荡漾，美妙的乐韵在心中一遍遍地流淌，快乐成一种奢侈的享受。此刻，除了你，

随笔

还有什么，能给我如此的慰藉与温暖呢？

如果有缘，唯愿来年春天，我们再会。

2005.5.6

# 陪我一起看风景，好吗？

看着我深爱的母亲在一天天变老，身体再没以前那么硬朗，吃饭减少了，头发又白了，皱纹又添了……心里就隐隐作疼，就慌乱不安，就不知该如何是好。

记不清对母亲说过多少遍了，我对她一个人住在大院子里很不放心，很牵挂，甚至流着泪劝说她还是同儿女住在一起吧，这样才能让我们安心工作，才能过得踏实。可是母亲是个很有主见的人，认准的事谁也无力改变，她就那么坚持着"金窝银窝不如自己的老窝"。我一直想不明白，那座老院子究竟有什么值得母亲恋恋不舍的呢？

"五一"期间回老家，母亲又对老院子的一角进行了规划设计，把闲置的兔窝拆除，在边上种绿化苗木，以漂亮雅致的红叶小波、黄杨及金叶女贞穿插成栅栏状，里面种上小菜，既整齐美观，又方便自己。母亲指挥着，我们人多力量大，很快就圆满完成。看着美化过的小院，心里感觉很舒服，不禁为母亲爱操心、爱生活、爱美的行为而感动。可是转念一想，这样一来，母亲守着这座老房子洒扫庭除、养花种菜，闲时就坐在门口同街坊邻居们聊聊天，更不舍得离开这个家了吧？

母亲年届古稀，没出过远门，最远就到过济南，最多就在外面住过二十天，还牵肠挂肚的。很想带母亲去看看北京，看看上海，看看外面的世界，所以每次欲外出前都给旅行社多订上一个人的名额，然后告诉母亲要带她到哪儿去，母亲总

是在电话里以坚定的语气拒绝着，我说钱已经付了，她说付
了就带别人吧，我老了哪儿也不想去，再说电视里天南海北
的事都知道，比到跟前还好看。结果可想而知，总是让我失
落落的。不知道为什么母亲不愿意出门，是身体真的吃不消
了吗？可是每次回家，最忙碌的仍然是母亲，她以劳动为乐趣，

她知道儿女中谁最爱吃什么饭什么菜，再忙再累她也要亲自做，然后看着儿女津津有味地吃下才满足。是母亲怕花钱吗？我想也不是，她常说钱再多也生不带来死不带去，该花则花只要不有意浪费，多余的还可行善事。那么究竟是什么原因？长久以来，我找不到确切的答案，作为女儿，深感惭愧。

一直觉得，同母亲在一起是件很幸福的事，我绝大多数孩子们都有同感。无论在家里，还是在家外，有母亲在一起，感觉就踏实，内心就安定。

忘了前年夏天是怎样开导的母亲，她第一次答应跟我们一起去日照看海。那天乘最早的一趟火车，没有软卧车厢，上去后才发现车上出奇地拥挤，我挽着母亲，老公忙着给母亲抢占座位。两个多小时的路程,我和孩子们基本上是站着的，但那个旅途因母亲的同行让我感到满足。到了海滨浴场，母亲说她只想坐在沙滩上看看大海，顺便给我们看着包，让我们尽情玩。尽管母亲没有陪我们一起在沙滩上玩耍、挖贝壳，在海水中戏闹，但是母亲一直在伞下温柔地看着我们，海风轻拂着母亲的白发，慈祥的笑容像一幅美丽的画定格在我的心里。不由问母亲："你觉得大海像什么？"母亲笑而不答。我说："大海像您，我的老妈。"

这样的时光，于我是最幸福的。于母亲呢？虽然母亲很少再同我一起外出，但我想她也是快乐的。

前几天同邻居大婶闲聊，我说大婶有空就多陪我母亲说说话吧，我怕她一个人闷呢。又说，现在有很多老人想跟孩子住在一起，往往是孩子不愿接纳老人；而我们的确是发自内心地渴望同母亲在一起，母亲却坚持着要独自生活，为什么我的母亲就是同别人不一样呢？为什么我的母亲在方面就如此固执呢？说话间又想流泪。大婶意味深长地说，老太太是怕给你们添麻烦吧，你们都那么忙……

忽然之间，我似乎明白了母亲。不是不想儿女绕膝，不是不想天伦之乐，是慈爱的母亲习惯了付出，习惯了奉献，习惯了坚强，习惯了维持做人的尊严……

母亲，曾经吃了那么多苦，受了那么多累，为儿女操碎了心，本该好好休闲放松一下了却不愿闲下来，本该给孩子一个报答的机会却不愿给，其实孩子跟您在一起，并非只是为了感恩，是真的真的很想坐在您的身边，感悟温暖的唠叨和琐碎的关怀，享受没有杂质的亲情，是想在有能力的时候去爱您和被您爱，是想在平凡的日子里以一颗平常心与最亲的人一起经历流年似水、淡看花落花开……

那么，陪我一起看风景，好吗？无论是坐在自家的窗前，还是走在异乡的街头，只要有您，我心灵的绿地就会一片生机盎然。

2004.5.8

# 你在成长，我在变老

　　转眼间，你成了一名高中生，身高也"噌噌"地窜至一米八以上，嘴上出现类似胡须的绒毛，声线变粗，五官俊朗，怎么看也不像以前的小男孩了。怪不得周围叫我阿姨的越来越多，叫我妹妹的越来越少。我不得不安慰自己，只有我在变老，才会映衬出你的成长。

　　你开始了异地住校的生活，三年高中以后，将步入大学，之后工作，再之后结婚成家。这就意味着你已经离开我的怀抱，从此放飞了！在一个全新而陌生的环境里，你能适应吗？你依赖惯了父母，你的自理能力行吗？远离了家人的目光，你会约束好自己吗？似乎有无数个问题纠缠着我，无数个不放心折磨着我，在夜里无法入眠时，来来回回地问询着。

　　我也曾动摇过，想把你接回身边的学校读书，当你刚入学不久就感冒了、发烧了、脸上长疱了、晚上打蓝球把鼻子打破了的时候，当你由于刚入学的不适应而找不到学习感觉的时

随笔

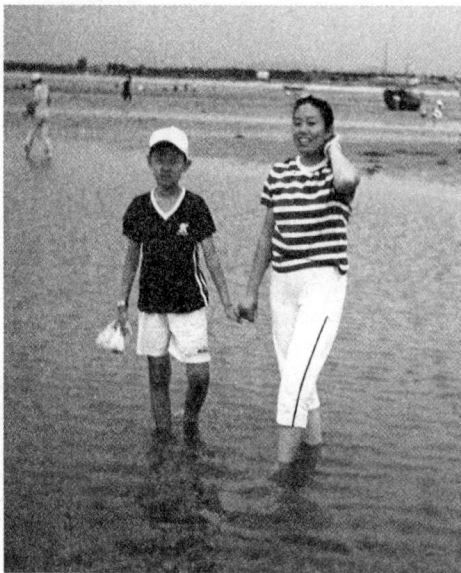

候。后来狠狠心又打消了这样的念头。毕竟，我们为你选择的学校是经过充分论证的，那里集全市最优秀的学生，有最好的学习氛围，最优秀的教师。我相信，你与优秀的学生为伍，你一定会学到许多优秀的品质，相互影响，相互促进，相互提高。在一个重视素质教育的校园里，你也一定能找到发挥自己特长的舞台，让自己更加自信。

高中生活一个学期了，事实上你不仅在收获知识、展示特长，你还学会了怎样做人。你越发懂事了，懂得了感恩，知道怎样关心别人，帮助别人。我很欣慰，甚至感动。

降温的前夜，你晚自习后打电话来，"明天降温，妈妈你要穿厚点"。我一时无语，本来我是想告诉你的，你却想在了我的前面。感恩节那天下午，我买了点吃的东西送到学校，我说："今天是感恩节，我要讨好你。感谢上帝送给我一个优秀的儿子。"你马上说："感谢上帝送给我一个优秀的妈妈。从大处说你为中国培养了一位可以拯救未来的人物，从小处说你把我从几斤养育到一百三十多斤，这中间付出了很多很多……"还有，开家长会那天，我早早地来到学校，你搬着椅子把我带到会场，你说还有给我写的信，一会到教室里看。当我读到你的那些从未坦露过的柔软心语时，也不怕你的老师和同学笑话，眼泪忍了又忍，还是没止住……一系列的感动，一系列的温暖，我知道，你再也不是那个处处需要我的呵护、常常在我身边撒娇的小男孩了，你已经长大成人，长成妈妈雨天里的一把伞、疲备时的一棵树。

今天是你十六岁的生日，中午收到你的短信："妈妈，今天是我在你庇护下的第十六年，也是你艰辛哺育我的第十六年，等我上完大学，等我有钱了，就要像你保护我那样，保护你！"

我坚信，这是你的心里话，我坚信，我会是一位幸福的妈妈。所以，无论岁月怎样把我变老，我也不再害怕。

祝福你，我亲爱的儿子，愿你健康快乐地成人、成才，愿你拥有一个平安幸福的未来！

妈妈于 2010 年 12 月

随笔

# 生日记趣

　　老大不小的人了，只要头脑不发热，原则上是非常不盼过生日的，过一次生日老一岁，谁愿意这样老去啊？谁不想抓住青春的尾巴多挥洒几年啊？可是可是，挡不住岁月的脚步，匆匆中冬去春又回，又是一年二月二，又是片片动人的场景，又是一次难忘的生日。

　　2月1日上午，收到念丫通过中通快递来的邮件，10张精美的CD，只一张张看过封面，顿时就一阵眼热。不愧是厮混了多年的知己，挑这些CD时一定让这妞费尽了心思，都是贴心所爱，都是相近的品位，甚至，你还记得我喜欢醉生梦死的萨克斯，尽管你不怎么喜欢呢。谢谢你和你的歌，一直伴我，因为懂得所以相惜，因为相惜所以我会一生珍爱。

　　2月1日中午，最葱白的LD邀请共进午餐，难得呀！俺，以及春风同学，曾经多次邀请人家却因种种原因未遂，所以接电话后一点也没矜持就欣然前往了。人不多，气氛温暖而愉快。

　　2月1日晚，与几位相处比较密切的同学朋友小聚，晚餐后有人提议到郊外燃放许愿灯，一致通过。风有点大，灯没飞起来，但我的心可飞起来了。冷冷的夜里能有这么多情同手足的人儿愿意为我做这些，感觉幸福而美好。第二天一大早，同学之一电话说："花店里没有蓝色妖姬了，我的Q农场里用心种了一地蓝玫瑰，你去采吧。"呵呵，真抠门。

　　2月2日，单位送了一个大蛋糕，美女G让花店送来一束鲜花，帅哥Y折一枝盛开的海棠给我，温馨中……

　　前几天儿子就说，"我上学没空给你买礼物呀，要不你自己买，200元以下我给报销吧。""臭小子，你能记得老妈生日就不错了，礼物免了。"2日中午，儿子在放学路上买回一块泡泡糖，午饭后给我："味道很好哦，泡泡很大哦，祝你生日快乐！"嘿嘿。

　　中午给母亲通了个电话，我说："今天是您的受难日啊！我应该回家陪您喝一气。"母亲说："只要你过得快乐，就好！"

　　说起春风同学，天啊，俺的许多内衣、睡衣几乎都是她送的，型号总是那么合体，幸亏双方家庭成员知根知底，否则不误会才怪。俺本来坚决不要礼物了，结果又给买了一套内衣，非常柔软舒适。谢啦！

　　2日晚，老公亲自下厨，略备小酒，微醉中，老公："今年没买礼物，给你个红包吧？"俺眼中小放光芒："可以呀！"

"六六大顺，给六十六？"

"讨厌！"

"那就再加一个零？"

"凑合吧。"

"三八"节老公刚给买了一套春装，耗资千元，只因离生日太近，不想再剥削他了。

这个生日，依然收到 N 条祝福短信，那些特别的礼物，特别的情谊，我会用心收藏。谢谢亲爱的你们，在忙乱的日子里还记得我。

2010.3.18

# 人海中遇见你

莫非前世的生命之魂就很冷傲吗？以执着的清芬等待千年，独特的神韵无人可比。你像欧洲城堡里的睡美人，只等心中的王子来到身边，轻轻一吻才会从梦中苏醒……一颗玲珑剔透的女儿心，为爱而生，为爱而活，甚至，只为完美的爱情而坚守着。

刹那的惊心，莫名的熟悉！

在我凝神的一瞬间，你从记忆深处踏歌而近，欣然而至，如花的笑嫣绽成我生命里的一朵酡红。抹不掉，也挥不去，让我一次次微醉于你营造的氛围里。

世界其实很大，大到我差点看不到你，可我还是遇见了你，于千千万万人之中，于时间无涯的荒野上，于最深的红尘里，没有早一步，也没有迟一步。像一粒沙与另一粒沙，几经风吹日晒沧海桑田后，最终辗转重逢的故事。让我相信，这世上的确存在着奇迹。

花径不曾缘客扫，蓬门今始为君开。从此，默默地看着你轻歌曼舞、吐露心迹，喜欢痴痴地与你嬉闹、追逐，渐渐习惯了有你的日子，从此，便多了些许牵挂与怀想，多了绵长如风的思念和暗然于心的欢喜……

偶尔也心生困惑。置身熟悉的环境里，没能刻意地去记住一个人，一张面孔，却为何，远方从未谋面的你，每每让我的热泪盈满双眸？

随笔

103

　　你经受挫折了，你辞职开店了，你被人误解了，你恋爱了，你烦恼了，你病了，你买新衣服了，你遇到好听的歌了……亲切、熟稔得就像身边最亲近的人，每一个细节都牵动、揉搓着我善感的心。习惯于快乐着你的快乐，忧伤着你的忧伤，习惯于每天都忍不住想问一声："你好吗？过得快乐吗？"说不清为什么，也不想理清楚。缘来至此，但求随心。

　　只是，太在意了，反而怕失去。我是个多梦的人，曾做过许多大大小小关于你的梦。梦里我们不是在一个很抒情的场面里相见，就是偶然邂逅在人群中，或者一起继续网络里的游戏，又或者彼此如老友般开心地喝茶聊天。可是，常常会在突然之间就不见了你，到处找寻不得，之后就醒了，在怅惘中独自品味梦中留下的气息……

　　其实，心里也明白，应该洒脱一些看人来人往、聚聚散散。其实我应该对这个世界满怀感激，因为你我毕竟不是在人海中擦肩而过，而是在恋恋风尘中相遇、相知。

　　那么，如果你倦了累了想忘记，只需轻轻地别转脸而去。如果你想记起，无论我在哪儿，都离你，不过一个转身的距离。一定要相信，无论相离多久相隔多远，心存的真情不会被时空冲淡，许多的情节就像重叠的花影，在阳光下漫过我们的一生，只要我回眸，瞬间便可温暖所有风雨兼程的心情。

因为有你，平凡的日子也赋予了不平凡的意义。我不会忘记，一如忘不了我的名字。这样的时刻，思念轻叩心扉，和着缓缓升起的暖意，只想奏一曲委婉的天籁之音，给你。去年是Alison Krauss的 *When You Say Nothing at All* ，今年是她的 *Now That I've Found You*。愿寄我心于音符，随风直到长江边。

茫茫人海中，真的很感谢有那么一个人，让我怦然心动，让我魂牵梦萦，让我与其相知相守，让我偶尔欣喜偶尔心疼，让我对未来充满了祝福和憧憬。是你吗？让我此刻再次思绪翻涌，坐在电脑前，饱蘸心灵的芬芳，如此深情地为你写下片言只语。

如果下辈子还能遇见你，可不可以让我们延续今生的记忆？可不可以像花儿一样肆意地开在春天里，同一切羁绊都断了纠葛，只负责美丽？

2006.1.26

随笔

游记

YOUJI

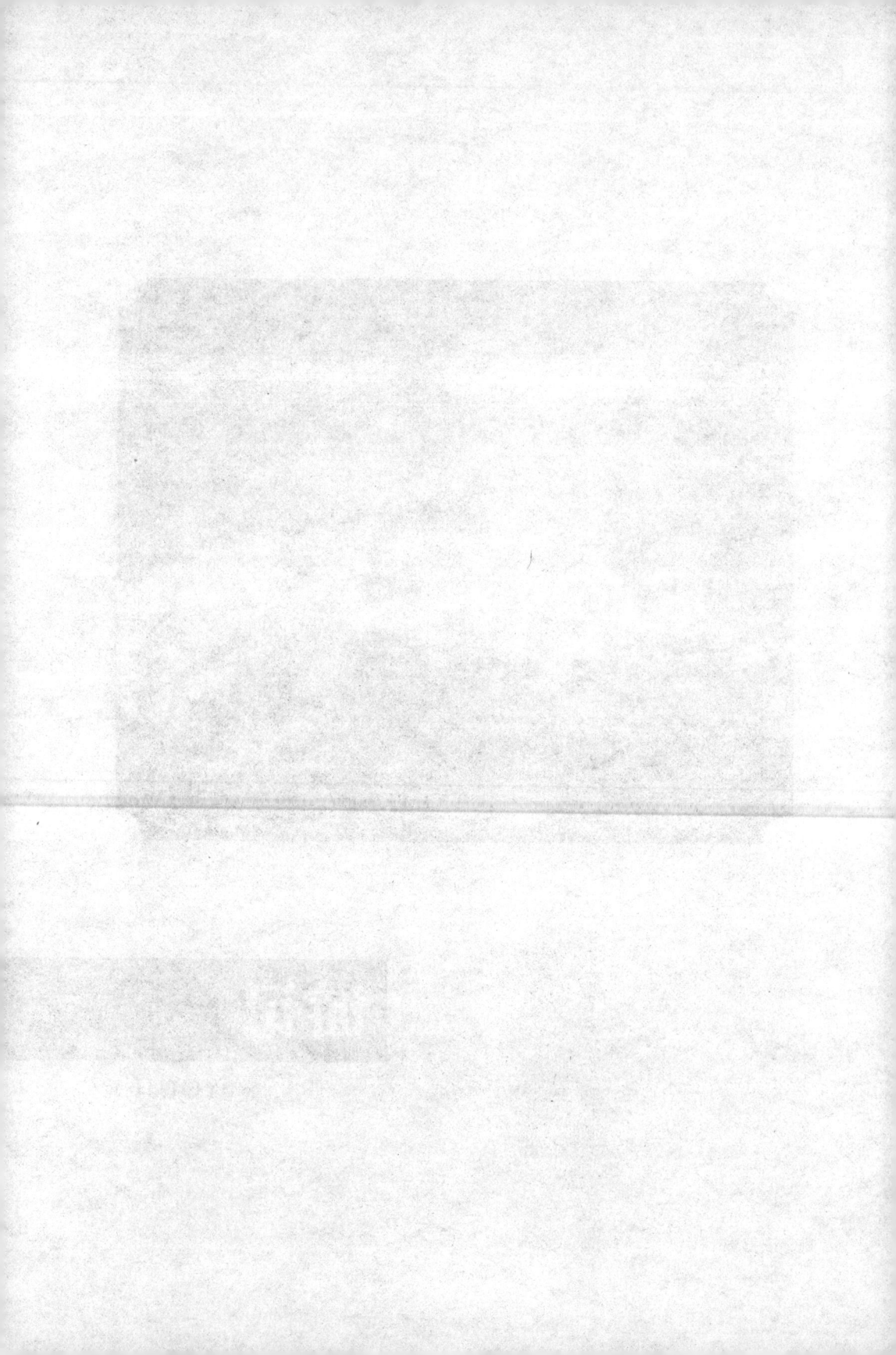

# 岁月留痕

    岁月如水。如水的岁月带走了许多东西，带走了青春，带走了流年，带走了无数个故事情节，终究也会沉淀下一些什么，比如真情，比如历史，比如借助大自然之手日积月累的杰作。

    沂水地下大峡谷便是岁月留下的杰作。这部杰作被秘密地隐藏在岁月的深处，隐藏在沂水城西南方向 8 公里处那一座名不见经传的龙岗山下，沿着一条西北至东南走向的巨大

喀斯特裂隙，默默地横卧在山底，悄悄地发育成长，就这样过了许多许多年，许多许多年，据专家说约 0.65 亿年至 2.3 亿年，历尽了秦时风汉时雨，看淡了沧海变桑田。直到 21 世纪初，缘于偶然的机会才露出冰山一角，才羞答答地经过一条瀑布掩映而成的水帘洞口，才穿过岁月与空间的牵绊从深闺中走出，向过往的游客静静展示着它的容颜。

近日组团前往，终于揭开了它神秘的面纱，得以与其近距离地对视，近距离地倾谈。

请了两个导游，兵分两组，沿洞口而入。刚走下入口的台阶，便觉一丝清凉袭身，知道已经踏进了一个恒温 18 度的世界，光线也唰地暗了下来，手机失去信号，同外界没有了任何联系。这样反倒可以心无牵念地寻着记忆追溯久远的历史，阅读岁月在此留下了怎样的痕迹。

潮湿的峡谷内，有水滴不时地溅落在身上，走几步就见有瀑布倾泻而下，提醒着人们水是峡谷里的主旋律。水营造着气氛，水制造了景致，水流动出生机，水经过很多很多年已将历史锈刻在纵横的脉络里。无论是洞内的五关、六瀑、七峡、九泉、十二宫，还是罕见的地下漂流河，每一处皆因水而起，皆有着各自的故事、来历，还有传说。那些或高或低、或立或卧、或圆或方的钟乳石，更是因水而生，有的如人像，有的似走兽，有的像瀑布，有的若飞龙。线条流畅，滑爽如水，千姿百态，各显神韵。它们完整地记载着岁月的沧桑，将过往的情节生动地印在身上，铺展在 6100 米的长廊里，向人们讲述着一个又一个美丽的传说。

看到了吗？蒙山沂水、瑶池仙境、地下三峡、九曲回肠中，那些形神兼备的圣景，那些活灵活现的奇观，那些佝偻的身影，那些沧桑的容颜，穿过层层岁月，终于惊现在世人面前，怎不令人感慨！还有那些神奇玄妙的钟乳石，看似悠闲地各处一方，却是默默地生长了十几万年，抑或几十万年。不得不为它们惊叹，是怎样以每万年几公分的速度滋生的，又是怎

样耐住寂寞在静静的谷底坚守着……

　　彼此相对的瞬间，无语凝眸，甚至会有泪涌出。能相视一笑也是缘。为了这样的机缘，我多么想一个人停下来坐一会，聆听它们的诉说，诉说孤独地在地下藏了万年复万年的心事，诉说亲自见证的一段又一段历史情节，诉说美丽诉说哀愁，诉说隐痛诉说快乐……

　　终是没有机会停留。导游引领着，一直在走，在看，在听，在感受。峡谷内无车马之喧闹，无人工之雕琢，山水清音，天造地设，如梦如幻，一任自然。置身其中，很容易忘却尘世的繁琐之音，不知不觉中便走进人生的另一种境界。

　　走在幽谷暗影处稍感沉闷时，聪明可爱的导游小姐，便适时地送上一个轻松的话题缓解气氛。她指着头顶上的一块两孔巨石随口问道："大家看顶上的石头像什么？"有五六个人不约而同地回答："望远镜！"导游紧接着问："对。但是为什么望远镜不能看到外面的天空呢？"众人面面相觑，不知作何回答。导游给出谜底："因为望远镜的盖没打开。"然后幽默地一笑。众人这才悟出是一个脑筋急转弯，皆笑，于是朗朗笑声又把人们从历史中拽回现实，峡谷内又有了鲜活

游记

的现代气息。

　　这无疑是一次穿越时光的漂流。让人真切地看到时光流动中细碎的光影，看到斑驳的岁月留下的道道痕迹，如水划过，波动在心底，一遍遍地漾过来又漾过去……

2004.9.22

# 如画婺源

如果春天是一幅油画，那么初冬，恰似一尺水墨。

相约婺源，是扎根已久的愿望。起源主要来自网络里关于婺源摄影图片的视觉冲击，特别是阳春时节，漫山遍野金黄色的油菜花掩映着白墙黛瓦的徽派建筑，错落有致，层次分明，村居与环境巧妙结合，山水同自然互为点缀，炊烟袅袅，如诗如画。情不知所起，一往而深。

　　所以一直以为，我也会选择在一个开满油菜花的季节，约三两知己，与婺源亲密接触。然而，这个初冬，适逢外出，途经婺源，便与婺源撞个满怀。

　　婺源是个位于赣、浙、皖三省交界处的县城，历史上曾经属于安徽，现隶属江西。一踏进婺源境内，透过车窗，就可感受到婺源的建筑风格仍是徽派，古朴，庄重。

　　在旅行社的安排下，我们游览了婺源的东线，主要有古文化生态村晓起、伟人故里江湾、小桥流水人家李坑，据说是最经典最顺路的一条线。时间匆匆，没来得及深入村居住上两天，好好体会一下那儿的风土人情。但是初遇婺源的印象，却是深深地留下了。

　　11月17日，一个让人兴奋的日子。我们一行71人，怀着各色心情，在雾雪纷扰中，雀跃于晓起村，开始了婺源之行的第一站。

沿着青石板路，曲折往返，左顾右盼。因为是早上，且阴天，没有看到"斜阳远近山，林梢烟似带"的自然景观，但是满眼都是"古树高低屋，村外水如环"的画面。这个时刻的晓起，就该是这个模样吧。除了墨绿色的远山和近草，就是灰和白，冷色调，冷得那么彻底，恰似一尺水墨。住在村子里的人是不冷的，或端着一只碗站在巷口吃饭聊天，或蹲在街头经营一点小生意，面对游人的镜头，不躲也不闪，目光淡定，神态从容。

无论是村居，还是村民的生活习俗，骨子里依然保留着古徽州所独有的气韵。尽管手冻得冰凉冰凉，尽管没有想象中特别质感特别炫目的美丽，但是当这种别样的神韵呈现在面前，依然让我感动和兴奋。

古树旧桥，幽巷店铺，流水人家，触目皆如画。

江湾，有一个非常诗情画意的曾用名，叫云湾。这儿是风水宝地，人杰地灵，从古至今，孕育了许多才子贤士，甚至一代伟人的祖籍地也在这里。

江湾的布局很有特色，老街保留着千年不变的风格，窄窄的小巷，不规则的街道，古老的封火墙；新街则宽敞时尚，干净明亮，一串串红灯笼整齐有序，蕴藏着古典与现代的韵味。就是这样的江湾，既有商业气息又有家的温暖，既存在小资情调又充满了江湾人积极向上的豪迈之气，羁绊了无数游客漂泊的脚步，当然也抚慰了无数颗疲倦的心。

婺源一带，习惯于将小溪流叫作"坑"。所以，李坑不是一个坑，而是李姓聚居的村落。借助这儿特别的地形，依山傍水，沿溪而建，纵横交错，成就了典型的小桥、流水、人家。明清风格的建筑遍布其中，绘制了一幅淳朴、恬静、祥和的画面。

走在悠长寂静的小巷，如同走进一个悠长的梦境。放轻脚步，怕惊扰了那一个个呼之欲出的故事。那些"豪华"民居，历经沧桑岁月，透过墙壁斑驳的痕迹，依然看得出曾经的繁荣昌盛。此时此地，此情此景，让人一不小心就有种穿越时空的感觉。

意犹未尽中，别了婺源，心里却念念不忘。如果是在油菜花盛开的时节来呢？添上一笔浓浓的暖色调，一定会有别样的感受吧。

2009.11.20

# 迷雾庐山

旧时庐山，旧时梦。

庐山因一些著名的诗词、浪漫的故事，一直萦绕于心。未曾想，靠近它，却是在这个冬季。

清晨，背上相机，坐上大巴车，迎着薄雾出发。真正认识和感知庐山，从我们的车子驶向庐山脚下的那一刻开始。导游说，从山下到山上，要经过300多个弯呢。车子盘旋而上，雾气越来越浓，幸好坐在前面靠窗位置，才不至于晃晕。目光搜寻着窗外的风景，除了满眼的雾凇，什么也看不清，却形象而直观地理解了一个词语——"云山雾罩"，当然也很想把前人的诗句改为"不识庐山真面目，只缘身在迷雾中"。

选择了这个季节，又恰逢全国大面积普降雨雪的天气，对于阳光下庐山的模样，就只能靠想象了。还好，一行人心态都算端正，既来之，则安之，就把雾中庐山行，也当作一种偶遇罢，毕竟这样的机会也不是常有。

行走在雾海中，5米之外皆迷茫，依稀辨得路径。偶尔有风吹过，露出些许端倪，随即又是一片大雾来袭，更增添了梦幻色彩以及想象的空间。三两友人相携前行，漫步轻谈，脱离了尘世的干扰，倒也轻松愉快。诺大的山上，诺大的雾中，很容易走散，当然也很容易发生一段故事，只要你有足够的时间、足够的耐心。途经花径、如琴湖、锦绣谷、仙人洞、观妙亭等，虽然无法体会"长恨春归无觅处，不知转入此中来"

游
记

的芳菲美景，但却能感受到毛主席他老人家"暮色苍茫看劲松，乱云飞渡仍从容"的大气况味；虽然不能真切地用眼睛去了解它们，但却能用心去品味这些令人遐想联翩的名字，然后一点点组成庐山的风月、庐山的景致。

庐山瀑布因其"飞流直下三千尺，疑是银河落九天"而最负盛名，所以，为拜访它，我们列为整个下午的行程。

我们的团队在队长的一句"前十名有奖"声中，朝气蓬勃地出发了。因事先不了解到达三叠泉瀑布要付出的艰辛，加之平时都自我感觉体力还行，便没有乘缆车。开始一段山路并不太陡，走了半个多小时，也没觉得疲惫。直至中间换牌时，向下看着一段段陡峭的台阶，听导游说还要走1400多个台阶才能到达三叠泉，然后再原路返回，就有些心虚了。又生怕一个迟疑，与庐山瀑布擦肩而过，无缘感受它的美、它的好、它的与众不同，于是，下定决心，勇往直前。当汗水浸湿了衣服，腿也开始颤抖时，终于到达目的地。传说中的瀑布就在眼前，仿佛从天而降，一波三折，三叠泉之名大概由此得来。

泉水三叠亦可喻为人生起落，落入潭中暗示着万物归本。大自然无时无刻不给予我们启迪。赶紧举起手中的相机，多角度地拍照，然后目测它、聆听它、仰视它、欣赏它……

返程，全是向上爬台阶，其中的辛苦不可言传。当然，体力不支的，可以坐轿，坐轿的费用是按体重每斤8元计算的，同行的人不禁相互打量着彼此，尤其针对身材高大魁梧的人士，便故意逗笑着。尽管俺们几位女同学也显出体力不支的倾向，但都拒绝坐轿，或许是怕留下欺压老百姓的嫌疑吧。关键时刻，还是男同学好啊，纷纷伸出友爱之手，帮俺们背着包，奉献出胳膊和衣襟，又拉又扯的，经过一番腿脚折腾，洒下一路温暖和感动。

刻骨的酸痛也好，怡人的风景也罢，总有一种感觉会让你难以忘怀，总有一种风情会令你着迷。隐藏在庐山骨子里的神秘，需要用心去感受。不仅要感受它的山水之灵秀，雾之迷离，瀑之壮观，还要感受它的文化、它的氛围，更重要的，是能在其中放松自我，放飞心情。

　　晚上住在庐山脚下，难免对庐山影院心向往之。据说这个影院自始至终只放映一部电影——《庐山恋》，并以放映时间最长、次数最多而创吉尼斯记录。不知距今已放坏了多少盒电影胶片，也不知我们是第多少位看客。反正我们五位热情的山东观众，兴味盎然地坐在了庐山影院里。伴着电影里的情节，一点点揭开了被迷雾遮住的风景，当然还有，风景之外的无边风月……

　　真是一个容易让人迷失的地方，而迷失在庐山的柔软时光里，该是一件多么温暖幸福的事呀。

　　别追问今夕可有旧时梦，烟雨中，心迷蒙。

2009.11.21

# "亲哈"之旅

今年夏末，利用双休时间，近距离亲近一下哈尔滨一带，简称"亲哈"之旅。

一

哈尔滨差不多是中国的最北方了，一直没去过那儿，感觉很遥远。所以那天早上7点多还在济南机场，上午10点就走在哈尔滨的街头时，兴奋之情难以言表，心不由己立刻向念、春风等诸友报告行踪。

哈尔滨特殊的地理位置决定了这是一个特别的城市。当满眼的"俄式"建筑、浓浓的"异域"情调、淡淡的丁香市花、肤色各异的行人、风格不同的街道迎面而来时，对于哈尔滨便有了一个全新的印象。我想象中的哈尔滨几乎都是寒冷的，是与"冰"有关的，是夏季也热不到哪儿去的，而事实上，全球都在变暖，"冰城"的夏天也渐渐有了高温天气。哈尔滨有史以来最热的几天，正好让我们给撞上了，真是荣幸呵！只是我们事先没有心理准备，本想着到此避暑的，结果成了度暑了。

在哈尔滨的那几天，天气也很配合，竟然没遇到一个阴雨天，每天都是阳光灿烂的，且光照时间特别长。由于哈尔滨纬度高，夏天亮得特别早，3点多就被阳光照得睡不着觉，

而晚上 8 点才黑天，让本来睡眠就不太好的我颇不习惯。即便回家后，好多天也倒不过来时差，说起此事，还被某同学骂了一句："吓，以为是出国呢；还要倒时差！"也因此，东北的瓜果，光照充足，糖分含量高，吃起来非常甜。在哈尔滨住的时候，我们差不多每晚都要出去享受一顿西瓜宴，太爽了！

中央大街是哈尔滨最有名、也最有特色的街道。北起松花江畔的防洪纪念塔广场，南接新阳广场，长 1400 米，始建于 1898 年，初称"中国大街"，1925 年改称"中央大街"。全街建有欧式及仿欧式建筑 71 栋，汇集了文艺复兴、巴洛克、折衷主义及现代多种风格的市级保护建筑 13 栋，是国内罕见的一条建筑艺术长廊，它也是目前亚洲最大最长的商业步行街之一。对建筑感兴趣的同学，一定要记得到中央大街上走走哦，不仅白天来，晚上也要来感受一下别样的风情。

著名的圣索非亚大教堂，就坐落在中央大街上。由于东正教在国内信徒稀少，现在作为教堂的功能已经废弃，内部也改建为建筑博物馆，展示哈尔滨自建市以来各个时代、各种风格的建筑代表作品，对建筑感兴趣的同学，同样不要错过。今天，圣索非亚大教堂作为一座雄伟壮丽的建筑古迹，因冷眼旁观过政治更迭、宗教斗争与历史的沧桑，而依然触动着每一位前来参观者的心。

听导游介绍，哈尔滨还有四大怪："窗户纸糊在外，大姑娘叼烟袋，好好的白菜渍酸菜，养活孩子吊起来。"这种风土人情，我想只有深入农村，才能体验得到吧。

二

想当年，郑绪岚的那首脍炙人口的《美丽的太阳岛上》，一下子唱红了太阳岛，唱响了哈尔滨，唱遍了全中国，引得无数游人对太阳岛充满了无限憧憬和向往。来哈尔滨之前，曾问春风同学需要什么？她说什么也不需要，只要把太阳岛的倩影留下来，给她。

　　太阳岛是松花江的一个沙洲，位于松花江北岸，是哈尔滨市主要的风景区和旅游胜地。所以，来到哈尔滨，必然会到太阳岛一游。夏天的太阳岛，芳草萋萋，空气清新，亭台楼阁，山水相映，走在绿荫中，抬头海阔天空，低头江水滔滔，心情格外舒适，是个避暑的好地方。

　　岛内有松鼠岛、冰雪艺术馆等，因此游人中小朋友偏多，尤其俄罗斯的小朋友更多。俄罗斯小朋友长得漂亮可爱，笑容纯真，又懂礼貌，看着就喜欢。在里面拍照时，我看见身边站着一位俄罗斯小朋友，就想跟她合个影，而她一个眼神好象就明白了我的意思，然后微笑着拉起我的手，成为太阳岛之旅中一个温馨的镜头。

## 三

　　五大连池是一个县级市，号称中国矿泉水之乡，又是世界地质公园、火山博物馆。因其著名，我们不远千里，冒着暑热，从哈尔滨出发，经过长达6个多小时的颠簸，才到达五大连池风景区。

　　首先游览了素有"火山公园"之称的石海。断裂带的多次火山喷发，熔岩大量流溢，喷出的碎屑，类型齐全，形态奇特，或如峰耸立，或状似走兽，形成了石海。在蓝天白云的衬托下，更显出黑乎乎的石海之壮观与神奇。它在世界著名的火山中也占有一席之地。

　　第二天，先到地下冰河里感受了一下零下15度的挑战，又慕名去了南、北饮泉。当地流传着这样一句话："南泉睡觉，北泉利尿，二龙眼瞎胡闹，翻花泉最有效"。

　　不知传说是否有水分，反正前来拜泉求水的人络绎不绝，南泉、北泉都围满了游人。池水冰凉，接上一杯放几分钟后，清澈的矿泉水就变成了褐黄色。管理人员说，水中含有丰富的矿物质和二氧化碳，越大口喝越好喝，越小口越酸涩，且一会儿不喝还会变色。看着变色的水不踏实，终是没敢喝下，但是来此用泉水泡脚洗头的人不少呢。在这些"朝圣"者中，有很多外国人，看来名声早就享誉中外了。

# 四

从五大连池原路返回哈尔滨，第二天又从哈尔滨向相反的方向奔牡丹江，又是 7 个小时的车程才到达镜泊湖。失策啊，著名的镜泊湖瀑布早已干涸了，长途跋涉而来，风景却不在，也只好随遇而安，改乘游轮感受湖上景色。

镜泊湖也是 5000 年前经多次火山喷发，熔岩阻塞牡丹江而成的堰塞湖。湖水南浅北深，连绵四五百里。这是块避暑的好地方，湖滨的避暑山庄建筑众多，豪华疗养院更是多得让人始料不及。奇怪的是，这儿只在夏季开放三个月，另外三个季节都是闲置的，所以导游说这里是典型的"九个月磨刀，三个月宰人，消费特贵。"也许当地经营者有自己独特的想法吧，虽然我们觉得这样既浪费了资源，又不方便游人的时间安排。没看到瀑布，但是一睹了镜泊湖的模样，也算不枉此行。

　　有些旅行并不一定尽如人意，既没什么绝美的风景，又没什么显著的收获，所以千万别对旅行的目的抱有太高视觉上的期望。每个心灵，对大自然的需求和向往都有所不同，大自然同样也准备了不同的慰籍，事在人为，让心灵放飞，才会获得实质性的愉悦。

2007.10.7

# 乌镇，两个人的旅行

　　一直以来，外出旅行都是随团进行的，不自由、不尽兴，所以对自主的旅行比较向往。如果适逢"三八节"的周末遇上机票大打折扣，且飞去的地方是自己预谋已久的，不心动才怪。所以，在好友一米阳光热情、周到、细致的操作下，既是偶然也是必然地，成就了此次两个人的旅行。两个人的旅行，听上去就很浪漫、很温馨、很放松、很和谐。何况两个人都喜欢旅行，又心意相通，有许多的共同点，又大气包容，注定是一次愉快的旅行。

　　浙江，乌镇，拍过《似水年华》的地方。去乌镇之前，一米阳光发给我一个链接，让我在网上温习了一下"文"和"英"之间那段唯美的柏拉图式的爱情故事，以及东山书院、逢源双桥、蓝印花布、东栅和西栅等有关场景。做过这样的功课，乌镇在我的心里已不再陌生。从萧山机场走出时，已是晚上8点，乘坐去乌镇的大巴车上，不足10人，到桐乡站后只剩下3位，司机都懒得送我们了。幸好我们的智商不算太低，经过一番斗智斗勇的话语，司机才没敢把我们扔在桐乡。顺利到达乌镇，金凤客栈的伙计小莫早已开着黄色小车等候，然后安置住下，老板娘胡阿姨又带着我们在街上找吃的，还有她家的大黄狗跟着当保镖。服务非常到位，非常温情，就像回到自己的家一样。亲爱的一米阳光同学为了淘到这家旅店，肯定费了不少的心思吧。

　　初次尝到自助游的好处，一路上不停地说话也不觉得旅途漫长，晚上交谈到半夜，早上睡到自然醒，睁开眼发现阳光灿烂，心情一片大好。找了一家干净的快餐店，早饭，买票，之后开始了一天的东栅、西栅行程。人，比想象的要多，可能与"三八"加周末有关。景，自然是亲切的，《似水年华》没有白看。我们两个人，很悠闲，想聊天就漫无边际地东拉西扯，想停下来拍照就停下，想跟别人的团队蹭导游就蹭。文和英常常经过的逢源双桥，异常拥堵，难得拍一张满意的照片，贪心的人们都想沾沾左右逢源的灵气呵。文和英四目相对、一见钟情的东山书院，铁将军把门，不能一睹为快。这里一直沿用着"晴耕雨读"的做法，只有雨天才开放哩。看来凡事都有得有失啊。留点念想也好，下次再来。除了电视剧里的场景，我们还见识了百床馆，参观了茅盾故居等等，收获很大呢。

　　中午就近找了一家饭店，点了当地的特色，那啥羊肉，说实话味道真不怎么样，比起家乡蒙山羊的多种做法，差远了。

炒米饭倒是比想象的好吃，可能是用北方米做的吧。我也去过多次南方，可以被南方的文化薰染、渗透，但对南方的饭菜，总是不能对胃口。真佩服北方人在南方安家立业的，是如何全身心地溶入到南方，最终成为地道的南方人。

经过一间间商铺，与目光相撞最多的，除了丝巾，姑嫂饼，菊花茶，便是暖手用的那种棉筒，花色品种繁多，很吸引眼球。选了几条丝巾，买了些姑嫂饼和菊花茶，本想再买回一只暖手筒，又觉携带不便，拿起又放下。好在两个人很容易达成共识，或购物，或感受风土人情，步调一致，真好。

黑天前步行至西栅，这儿的夜景相当漂亮。无论是客栈，还是酒吧，似水年华、伍佰回、老木头、默默的家等等，小桥流水，霓虹闪烁，各具特色，文化气息浓厚。走进西栅，感觉时光也停滞下来，懒懒地散步、摆渡、品酒，或者谈一场风花雪月的恋爱，多么美妙。我说："看我这装束，像文。"一米阳光说："那我就是英。"哈哈，有趣。如果说人生是一场旅行，我希望时时满怀轻松愉悦的心情去经历，去品阅，就像此时此刻。

这样的夜晚，于我，又收获了一份意外的温暖。一米阳光神交了多年的朋友青山依旧，放下忙碌的工作匆匆赶来，相约、相聚，三个女人一起，畅谈、畅想，忘了时间，忘了距离，忘了陌生，直到难舍难分。只要心灵相通，人与人之间原本是可以这样一拍即合、

默契友好相处的。不过几个小时的匆匆一聚，我便读懂了她的坚韧、执着、美丽、真和善。在一个月后的回眸中，我依然会被其中的点点滴滴所感动，并且会深深地祝福她，愿她一切如愿、一切安好。

三天时间，不长不短，行程简单，回味悠长。正如乌镇的广告语：来过，就不曾离开。真希望就这样迷失在水乡，任年华似水，流年花开。

2012/4

# 夏登塔山

　　雨后的周末，空气格外清新，阳光柔和了许多，仿佛刚出浴一般，懒洋洋地洒在这个温润的夏日。才吃过早饭，公公和婆婆便从百里之外赶来，然后接上我们三口，一大家子浩浩荡荡直奔塔山而去。

　　塔山因山峰陡峭如塔而得名，位于蒙山东部，周围有玉皇顶、舌头崮、葫芦崖等大小名山头百余座，有指动石、玉皇庙、霸王弓、仙人洞、观佛亭等许多神话传说景点，山高林密、碧水青山、花香鸟语、景色宜人，被称为"天然大氧吧"。这儿也是中国引进日本落叶松最早的林场，现在场内还保留有百年前营造的落叶松和黑松林，实属旅游观光、休闲避暑的理想场所。

　　夏日，正是绿荫冉冉遍天涯。一边倾听着如泣如诉的萨克斯，一边欣赏着车窗外浓绿的旷野，映入眼帘中的一草一木都透着亲切，似乎嗅到了泥土的清香，看到绿色的浪涛在田野里涌动，每一树葱茏，每一片庄稼，无不萌动着生命的激情。

　　很快到了塔山附近，找地方停好车，于是开始了我们的登山之行。走在山间小道上，耳边不时传来登山者恣意的呼声，老公和儿子也亮开嗓门呼唤着，阵阵回音里，朴素而又蕴含着生命的活力。相识不相识的路人，有意或无意地应和着，彼此之间遂达成了一种默契，这是一份很温馨的感觉，我不

知该怎样确切地形容。

　　塔山上松柏居多，清高而端庄，热情又不卑不亢，有的树形以奇著称，吸引着众多游客，如"桃园三结义"、"夫妻松"等，形神兼备，巧夺天工。"观佛亭"更是玄妙，由亭子向东望去，几块巨石竟连绵成身披袈裟的唐僧形象。看山上，步步是景，处处如画，脚下草如碧丝，两边翠柏挺拔。偶尔发现不远处还有嫣红的花儿正怒放着，不由让人怦然心动！

　　青石铺成的山道，蜿蜒而上，绿树成荫，山腹中汩汩流出的清泉汇成了小溪，在错落的石缝间欢快地流淌，激起阵阵清响，掬起一捧跳跃在手上的清泉，你会诧异，此处竟还有这样的天堂圣景？最吸引我的当属山涧的瀑布，飞流直下，哗哗作响，如鼓如雷，如琴如筝，不免感慨，何必丝与竹，山水有清音！山因水而秀，水因山而清，山水相依，风景更加旖旎。

　　攀登中，其乐无穷。沿着林间的石板路前行，一场小雨

过后，倾听虫鸣鸟语，很有"空山新雨后"，"清泉石上流"的味道。曲径通幽处，两侧微风中摇曳的细竹，更增添风韵。一路上说说笑笑，不知不觉就来到山顶。身处山顶，在啾啾唧唧的鸟语虫鸣中，在轻轻袅袅的薄雾晨烟中可以眺望远处的蒙山群，只觉霞笼眉际，云生足下，颇有离天五尺之感。极目远眺，千峰万壑，蔚为壮观，俯瞰山下，村落炊烟袅袅，飘飘缈缈，紫峰升腾，宛如一幅隽秀淡雅的水墨画。看周围清淡的雾气缭绕升起，但走入其中，又仿佛一切都没有踪影，古诗中"白云回望合，青霭入看无"的丽句，大概就是在这样的情景下自然蹦跳出来的吧。如黛的塔山和幽静的森林，让人心旷神怡，气定神闲。要不是公婆在身边，我真想做出一种矫情的姿式，然后朗诵上一段呢。

　　江山留胜迹，我辈复登临。塔山是特别的，因为历史是那样垂青眷顾于它，似乎在一千多年前的唐宋时代就停滞下来，它不仅是旅游圣地，也是历史上的文化名山。孔子登此山时曾发出"登东山而小鲁，登泰山而小天下"的感慨，宋代名人苏东坡来此游玩，欣喜若狂中，留下了"闻道东蒙有居士，愿供薪水看烧丹"的不朽诗句。

已近下午，怡然回返，沿着山下大道两侧，陆续有几家小客栈小商店，淳朴自然，若是自助旅游在这里小憩或浅斟低唱，听着道旁潺潺流水声，还有轻拂的杨柳风，再伴之优美的乐音此起彼伏，让人生出许多幻想，一定别有韵味了。

每个去过塔山的人都会有自己心目中的塔山。无论如何，来过的人都会深深地喜欢它，并在心中留下后会有期的向往与期待。意犹未尽之余，再回首，挥一挥衣袖，美丽的青山依旧。那么，且让我们生活的面目不再是繁忙和混乱，且让我们以温柔之心回应大自然的深情召唤，找个空闲来塔山放飞心情吧。

2004.8.9

# 行走在中原

欧洲著名诗人坎贝尔曾说过："距离使景色迷人。"正因为从未去过中原一带，所以满怀好奇之心，选择了这个火热的季节，试着去揭开中原那片神秘的面纱。

## 一 河南印象

### 漫步历史长河

有人说，如果想了解近几十年的历史，就去深圳；如果想了解近百年的历史，就去上海；如果想了解近千年的历史，就去北京；如果想了解五千年的历史，就去河南。足见河南的历史文化底蕴有多么深厚，地上地下都有着丰富的历史文化遗产，见证着历史的沧桑。且河南素以古都数量之多而著称，中国七大古都，河南有三：殷商古都安阳、九朝古都洛阳、七朝古都开封。也曾涌现出思想家老子、庄子、文学家韩愈、诗人杜甫、画家吴道子、科学家张衡等杰出人物，文化背景使得这儿处处充满了神秘感。

因为是第一次踏上河南，尤其在古都洛阳呆了两天，此行给我留下了很深的印象。一条清澈的洛河，穿过洛阳城流入黄河，文脉在水脉中，荡起阵阵涟漪。风尘仆仆的洛阳城，从历史深处走来，一点点展现在面前。

游记

　　解读洛阳，一定要到龙门石窟。世界文化遗产龙门石窟，可谓是洛阳的面孔、洛阳的名片、洛阳的精髓吧。龙门石窟位于洛阳城南约十公里处，那里有一条伊水，河岸两边是香山和龙门山，俗称龙门。诗人白居易曾云"洛都四郊，山水之胜，龙门首焉"。是啊，龙门依山傍水，风景宜人，为洛阳八景之冠。所以古代帝王们都相中了这块风水宝地，自北魏至明朝，断续营造达500余年，使这里成了举世闻名的石雕艺术的宝库。龙门石窟南北长达1公里，共有97000余尊佛像，1300多个石窟。现存伊河两岸山崖峭壁间的两千余座窟龛和十万余尊佛像，多数为北魏和盛唐两个时期的雕刻作品。遗憾的是，我们能看到的完整的佛像已经不多。

　　跟着导游，边听介绍边观赏。雕凿时间最长、用工最多且最著名的一座洞窟，便是宾阳三洞了。据说宾阳三洞是北魏皇帝元恪专为父孝文帝和文昭皇太后做功德所开的。宾阳中洞是龙门石窟群中最为富丽堂皇之窟，内有十一尊大像，面部修长清秀，高鼻大眼，面部慈祥，整个洞窟为三世佛之完整布局。除佛像以外，窟顶有十个伎乐供养天人，形象栩栩如生，艺术价值极高。

西山最高处是奉先寺。寺内主尊卢舍那大佛，让人叹为观止。佛像雍荣华贵、仪态万方，优美的曲线被勾画得恰到好处。她静静地端坐着，俯视的目光正好同礼佛朝拜者敬仰的目光交汇在一起，宁静、睿智、高雅，被誉为"东方维纳斯"。

随着人流缓缓而行，途经药方洞、古阳洞，还有火烧洞、石窟寺、极南洞等，跨过连接东西两山的人行便桥，我们又来到了龙门东山石窟。这里的洞龛虽年代不如西山的久远，数量也没有西山的众多，但在雕刻技巧和风格上，也有它们的独到之处。其中最著名的是看经寺，为东山最大的洞窟，窟外有砖砌的院墙，正面是砖瓦结构的二层门楼，窟楣有两个飞舞的飞天，形象生动，窟顶雕刻莲花藻井，四周环绕四个翩翩起舞的飞天，体态圆润，衣带飘扬，凌空飞舞，形象优美。洞内四壁下部浮雕二十九尊罗汉像，身高 1.80 米左右，相传是从摩诃叶到菩提达摩二十九位西土"祖师"的形像，形象刻画入微，既统一又富于变化，生动有致，是龙门石雕罗汉群像中的佳作。

到了香山，自然而然就想用鼻子嗅，因为传闻这香山上有一种草，名为香葛，能发出香味，嗅之心旷神怡。香山寺随着山势而建，那山门、钟楼、鼓楼、大雄宝殿、天王殿、罗汉殿等，错落有致，回环往复，每走进一个院落，都要登上一个高台，而且这个寺院充分利用了建筑中的"借景"艺术，悬崖伊河，烟波流转，山水相依，动静结合，一步一景，令人耳目一新。果真如古人所言："龙门十寺，观游之胜，香山首焉。"

从香山寺转入白园，要经过一条小径，小径两旁，全是松柏。白园内依山建有松风亭、白亭、乐天堂等富有唐代风格的亭阁。还有一条碑刻的诗廊，上面刻着白居易的诗歌，书法汇集多种流派，皆出自现代书法名家之手。白园临峰而立，依山傍水，可远眺龙门石窟，旁观香山古寺，景色清幽之所在。

　　出得龙门来，夕阳已西下，我们沿着人行便桥回返。再次浏览霞光里的龙门胜景，又是另一番情致。能够深入龙门石窟一游，便是不虚洛阳此行了。

## 感受寺庙文化

　　河南还堪称是中国功夫的故乡，嵩山少林寺便是博大精深的少林武术的发源地。

　　以前不知道少林寺名字的来历，现在知道它因坐落在少室山下树林之中，故得名"少林寺"。达摩在这里首创禅宗，被少林禅门奉为初祖，因此少林寺也被称作我国佛教禅宗的祖庭。

　　到少林寺的那天比较炎热，阳光火辣辣地照在身上，但似乎并没因此而影响游人的兴致。淡季不淡，游人依然如织，处处可见导游操着普通话或河南话给游人们讲述有关少林寺的典故。听者大都听得津津有味，显然无意考证其中杜撰的成分占几成。

　　我对少林寺最初的印象来自李连杰主演的电影《少林寺》，它之于我就像一个美丽的神话故事。老实说，当你置身在少林寺的院落中，试图用感官或思维来体味这闻名遐迩的千年古刹时，也许与你的想象相距甚远。

　　少林寺已不再是当年的少林寺，越来越入俗和张扬，受到大气候的影响，寺庙这个本该清静之地已经卷入了市场的逻辑。地方政

府把它作为经济品牌使用，已经注册了国内29大类近100个商标，向一些社会企业特许授权使用"少林"商标。有人曾提出质问，"修持才是一庙之本，尤其作为达摩初祖丛林的少林寺，习武和修禅不应偏废，不能舍本逐末"。而人家方丈是这样答复的："邓小平都说了，发展是硬道理，社会在发展，与时俱进，少林寺也要发展，佛教也要发展。你们是不是觉得少林寺放在与世隔绝的深山老林里就对了？"

也许换个角度，凡有大成者，达到了一定的境界，便可以不拘泥于俗规？比如"酒肉穿肠过，佛祖心中留"。所以凡事不必较真，关于少林寺之是非，不辨也罢。

在参观完寺内的几个著名景点后，又来到武术馆里观看了少林寺武僧们的演出，有一指禅、"蛤蟆功"、少林棍等少林绝技，还有一位5岁小和尚表演的"童子拜佛"。参加演出的和尚年龄都不大，我一直在猜想这些和尚是被父母送来学武术的，还是来自福利院？他们天天呆在寺院里舞刀弄棒，一场接一场地演出，不寂寞无聊吗？无法了解他们的世界，这反倒成了少林寺给我印象较深的一幕。

"中国第一古刹"白马寺也名享中外。它位于洛阳东十几里的北邙山下，对面就是著名的洛阳牡丹园。不过正对着牡丹园的那个门，一般是不开放的，只有国家重要领导人前来参观时才开放。

关于白马寺，最流行的一种说法即"白马驮经"说。每个导游似乎都在重复这样一个故事，不妨也记录下来一起分享。据有关佛籍记载，东汉永平七年的一天晚上，汉明帝刘庄夜宿南宫，梦见一个身高丈六、头顶放光的金人自西方而来，在殿庭飞绕。第二天早上，汉明帝召集大臣，把这个梦告诉给大臣们，博士傅毅启奏道："臣听说，西方有神，人们称其为佛，就像您梦到的那样。"汉明帝听罢，信以为真，于是就派大臣出使西域拜求佛经、佛法。白马帮他们驮回佛经后就轰然倒下，为纪念白马驮经之功，故取名"白马寺"。从此以后，洛阳成为佛教在中国传播的初始地,而白马寺,则成为中国佛教的"祖庭"和"释源"。

因为对寺庙文化知之不多,只是慕名而来,所以看山还是山,看寺还是寺,在这里也不过说些浮浅的感受罢了。

## 奇妙云台山

河南有着秀美的自然风光,而最有代表性的,大概就属焦作市修武县的云台山了吧。云台山以山称奇,以水叫绝,因林冠幽,因山间常年云雾缭绕,故而名之云台山。传闻"山可比五岳,水可媲美九寨沟",又可谓山中俊鸟也。

自然界中的大美,往往停留在瞬间。那些靠视觉捕捉到的景致绝对要比持久地摆在某处的一些既成风光,更让人陶醉。走在云台山中,一切都需要用心去感受。

云台山以水叫绝,水是云台山的灵魂。三步一泉、五步一瀑、十步一潭,好比童话世界一样的美丽,这在北方的自然景观中是比较少见的。人常说山无水则无趣,在云台山上,视线所及之处都流淌着丝丝柔情,一湾清水如碧,清澈透明。俗话说,水至清则无鱼,然而云台山随处可见鱼儿自在地畅游。

看着它们，我恨不得也变成其中的一尾游鱼，或者让我的心长出翅膀，陶然于山水之间。

云台山以瀑布取胜，瀑布多且各具其妙。这里有亚洲落差最大的瀑布——云台瀑布，落差314米，导游介绍说若在七八月份来，可以观赏到云台瀑布如天河决口的壮观景象。果真是山有多高，水有多高。情人瀑则由两条瀑布汇入一个潭里，如一对热恋中的情侣，几经曲折最终走到一起，吸引了许多年轻的恋人们在此合影留念。与欢腾热闹的瀑布相对应，云台山潭水清幽，色如翡翠，平面如镜，动静之中，相映成趣。

云台山之所以迷人，还突出在"云"上。这个季节，若能早早登上云台山顶，便可看到磅礴的云海奇观。那云雾飘忽苍茫，忽浓忽淡，忽聚忽散，使云台山周围的景色时隐时现。朝阳出处，云蒸霞蔚，瞬息万变，仿佛海市蜃楼一般。

在通往云台山主峰——茱萸峰的途中，要经过大小二十三条首尾相连的公路隧道，在峭壁山间重叠而上，美其名曰：叠彩洞。上山时，一位同事说，登山过程中保存实力很重要，先爬得快的不意味着最先到达顶锋。受启发，我们边走边歇，花了近两个小时走完了近两千个台阶的云梯栈道，终于登上茱萸峰顶。想着山下有四位没有登上峰顶的男同事，体会着王维的"遥知兄弟登高处，遍插茱萸少一人"的豪迈，忍不住露出一丝胜利者的得意。

此行中，我们一致认为，最经典的景点当属红石峡。红石峡集秀、幽、雄、险于一身，泉、瀑、溪、潭于一谷，不负"缩小了的山水世界，扩大了的艺术盆景"之美称。一个转弯呈现给你一挂飞瀑，一股流泉牵动你无限思绪。漫步崖壁栈道，你可以看到经过沧海桑田间无数次的造山运动而形成的红色岩壁，你可以读到无声的诗，立体的画，富有生命力的雕塑。大自然的鬼斧神工将峡谷塑造得美仑美奂，置身峡谷之中，触摸飞岩陡崖，体味险情奇趣，惊叹的同时不禁浮想连翩。

另外值得一提的是，整个云台山景区内，基础设施完善，

游
记

环境清洁卫生,景点商贩很少,这往往是别的景区内不具备的。

云台山集天地之精华,成就了太行山刚柔相济之美。身临云台山之上,既可欣赏北国的山势之雄,又能领略到南国的秀美山川。若能荡舟高峡平湖间,谁能辨出这是北国还是江南呢?

## 与河南人零距离

全国人们都知道,河南人的名声不太好,目前社会上流传着很多段子埋汰河南人,搞得河南人很郁闷。前几年有本著名的书叫《河南人惹谁了》,道出了河南人的委屈,很为河南人鸣不平。其实哪儿都有各色人等,只要自尊自重,自然会受到别人尊重。我知道怀着地域偏见去评价一个地方的人是不公平的,所以我想尽量客观地把这几天所接触到的河南人白描一下。

因为是外出旅游,匆匆几天不可能对当地人有过多接触,而接触最多的,也就是当地导游了。所以了解当地人最直接的途径之一,是导游,通过他们的解说以及所表现出来的品质,直接影响全团人的心情和对当地人的印象。在河南境内,先后有五个导游为我们服务,联系食宿、带路、讲解等,我们也非挑剔的团队,但是却没有一个导游的服务令我们满意。先说食宿吧,外出前我们同旅行社签订的合同上,明确住宿标准为三星级,最起码不能低于二星级。游览云台山时为了去景点方便,住的修武县云台宾馆,因县城正在发展中,不够星级标准也就罢了。但是初到洛阳时,一位年轻的帅哥导游却把我们拐弯摸角带到了郊区一所培训中心里住。既不够星级,又远离闹市,逛街都不便,这不欺生么?大家一看非常生气,车也没下就要求重新联系住所,帅哥导游只好灰溜溜地给换了市中心的星级宾馆。再说购物,到了某个定点商场,大家本不想下车,而导游却要求游客即使不买东西也一定要到店里逛至少半个小时。 说什么要签单,否则旅行社不给导游做记录。定点商店里的商品自然价格不菲，游客初来乍到也找不清买特产的地方，只好任宰。导游从中捞取回扣，旅行社也乐意将游客扔给导游，自己收人头费，这几乎成为旅游市场的潜规则。

导游的懒散也可见一斑，或者叫狡猾，能简化则简化。每逢游览一处需要付出体力的景点，比如去弥猴谷、登莱萸峰时，导游就在入口处简单介绍一下，然后让自由活动，限定上一段时间，之后在入口处集合。遇上比较听话的团，就这么定了，导游省事省心。如果旅行团提出要求，导游也只好硬着头皮前往。最让人无法容忍的是导游的欺骗行为。那天我们去小浪底时，导游告诉我们要去的几个景点都是什么，压根儿没提坝顶的事。有去过的同事说，坝顶是主要景点之一，可以俯视小浪底全貌，怎么不带我们上去？导游马上说："坝顶上有官兵把守，不让进。"同事觉得蹊跷，就问询了周围的游人，结果人家刚从坝顶回来，哪儿有什么官兵把守！此事把导游搞得有些尴尬，只好又带我们上了坝顶。

几天游览中，发现了两大怪现象。一是景点给人拍照的当地人热情得让你受不了。在小浪底及嵩山时，进去之前就发现有拍快照的人手举宣传照片跟在后面，我们说自己带着相机，不需要他们拍，他们依然不急不躁地跟着。到了景点，我们举起相机，他们也举起相机，我们一行人从未见过这种阵式，不知何意。但是游完之后，走到出口就完全明白了，原来自己的肖像全被他们给拍了下来，照片也早已由电脑制作出来。一张十元，晃在你眼前，看你给不给钱，还大言不惭地说："不给钱就当作宣传照。"多数游客不得不买下来，但心里对这种侵权行为却是极不爽的。另一怪现象发生在导游推荐的购物点。比如去河南一家玉器厂时，热情的老板只要出现在一个单独的团面前，他必定要称游客是自己的老乡，并且距离很近，老家的地名几乎精确到村庄，从心理上先靠近你，然后假装友好地告诉游人，看在老乡的情面上，某某标价近千元的玉

游记

器,保本甩卖给一百元好啦。说起来诸如此类表演比较拙劣了,可是仍不乏上当者,买件假货带回家独自郁闷。在此友情提醒一下爱好旅游的同志们,一定要吸取教训哦!

当然,旅行中也发生过美好的情节,以及瞬间的感动,想起来依然温馨。我是个偶尔也犯迷糊的人,在修武饭店用餐时,我把包放在座位上就忘记了,直到上了旅行车后才发觉少了点什么。猛想起是包,那里面可是装着现金、银行卡、相机、手机、身份证等等,如果饭店的工作人员愣说没看见,你也没有证据啊。匆忙中重回饭店碰碰运气,却看见饭店老板正拎着我的包给送过来呢。虚惊一场!游洛阳龙门石窟时,我们的帅哥导游讲解得还是比较精彩的,以至吸引了几位散客,自始至终跟随着我们的团队。她们几位介入后首先征询意见,问是否会影响到我们,表现得礼貌而友好,我们自然而然表示欢迎。一路上通过交流说笑,很快相处融洽,相互关照,相互分享零食,如同一个团队。后来问起,知道她们是郑州大学的教师,临别还不忘说一句:"谢谢山东的朋友,同你们一起度过了一个快乐的下午。"

河南人说话爽快,办事干脆利索。几天来听到的最经典的一句对话是"中不中?",答曰"中"就搞定了。另外,景点的商品基本上也不必讲价,要多少就是多少,不买拉倒,不像有些地方,价格水分很大。对我这样一个不会讨价还价的人来说,我觉得这点让人感觉挺实在的。

如果深入下来,我想一定会从河南人身上读出更多更优秀的信息,他们才是河南人的基石吧。

# 二 山西风情

### 古韵悠悠

到山西,是一定要到平遥古城去看看的。尤其平遥,作为中国目前保存最完整的四座古城之一，又是晋帮商人的重要发源地，在票号发展兴衰的上百年历史进程中，集全国最大的票号富商于一城，带动了整个古城经济、社会和文化的大发展。

那天到达平遥时已近下午五点，我们一行先到导游联系好的客栈里住下。晚饭后，约上几位同事一起逛街。刚下过小雨的初夏黄昏，空气格外清新，悠闲地漫步在街道上，感觉舒服极了。平遥是座小城，古老而精致，悠远的气息在古城中穿越回荡，就连街上的石板路都印证着久远的痕迹，处处可以触摸到历史留下的沉香。循着几千年前晋商们踏过的脚步，穿越时光的隧道，从古旧的砖缝中，寻找时光脱落的斑影，侧耳倾听一个个呼之欲出的故事，那种感觉无法用语言形容。

古街是古城的骨架，古街两旁是一个个青砖碧瓦古老的小店，纷繁但不喧闹。最突出的商品特色是民族工艺品，有绣花鞋、剪纸等，惹来很多游客驻足欣赏。逛绣花鞋铺时，恰好遇到一对老外夫妇正在买，由于语言不通，就在纸上用笔比画着讨价还价，争执了一会最终成交。俩老外笑成一朵花，冲店主连声道谢。即便购物，也营造出一片祥和的气氛。在一些商铺里挑挑拣拣，也未必就能买到可心的东西，只是随意地闲逛，不必在乎方向。

逛完两条主街，感觉有点累了，恰好附近有家茶吧，进去一人要了一杯茶，坐在窗前慢慢品。茶吧里的人不多，三两朋友闲散地坐着，一边听着音乐品茶，一边聊天。既可完全放松心智，享受宁静，又可沉浸在浓郁的古城古韵之中，如痴如醉。

第二天早饭后，导游带着我们分别游览了平遥古城墙、明清一条街、日升昌票号、镖局博物馆、科举博物馆、平遥县署、双林寺、城隍庙等。在平遥县署内还现场观摹了审案经过，一审、二审。平遥古城内传统民居建筑也特别多，民风民俗以及建筑风格，都是那么古朴典雅，走进来就能感觉

游记

145

到这是个沉静得让人忘却喧嚣的城市。

　　王家大院，也是山西之行的一个重头戏。在这里追寻着晋商们的脚步，可以感受当年晋商们那叱咤风云的历史。他们的故事，就是一部山西兴衰史的缩影。王家大院历经元、明、清三代，穿越600年。灵石的王家大院是清代民居建筑的杰出代表，属黄土高坡上的全封闭城堡式建筑，讲究的是气势。据说总面积达25万平方米以上，现已开放的高家崖、红门堡、孝义祠堂三组建筑群，共有大小院落123座，面积也达到5万平方米。依山而建，砖雕、木雕、石雕艺术让人叹为观止，装饰丰富典雅，格调品位不俗，被冠以"中国民间故宫""华夏民居第一宅"之称。"灵石古村山水间，四合坊巷礼为先，楼台塾馆凝文气，儒雅兴衰二百年。"王家大院的整个建筑就是一件巧夺天工的艺术品，处处折射出东方文化的深厚底蕴，因此有"王家归来不看院"之说。

　　之后去了晋祠。晋祠原为纪念晋国开国君主唐叔虞而建，创建年代已不可考。由于见证了有文字记载以来的全部中国

历史，晋祠是历代文人骚客凭吊的好去处。晋祠的文物古迹也很多，此行留下印象最深的当属"晋祠三绝"了。一绝是周柏隋槐，周柏为西周时所植的柏树，隋槐是隋代时种植的槐树，由于年代久远，树身已向南倾斜约40度，老枝纵横，盘根错节，仍充满了生机。二绝是圣母殿内宋代的彩塑，圣母殿的殿身四面都有围廊，是我国现存最早的带围廊的宫殿，殿内供奉着四十三尊彩塑，塑工精美，眉眼有神，姿态自然，是中国雕塑史上的精品。三绝是难老泉，难老泉是三泉（善利泉、鱼沼泉、难老泉）中的主泉，晋水的源头就从这里流出，泉水恒温十几度，长年不息，很是奇妙。

观古城风情，游商业古道，回眸晋商兴衰成败，历史是厚重而耐人寻味的，凭吊过往，沉重而怅然。

## 尴尬地理

在地理上，山西处于一个比较尴尬的地位。山西的经济实力比较薄弱，然而在"西部大开发"中，却没有山西的位置，也许正是因为山西在地理位置上既不属于西部地区，又不属于东部沿海地区，所以有人戏称山西"不是东西"（不是我说的，是导游说的）。

在地形上，山西也比较复杂，东有太行山，西有黄河，中间是盆地，整个地貌几乎都被黄土高原覆盖着。一走进山西地界，就看到空气中有明显的扬尘，尤其吕梁地带，黄沙迷漫得让人不敢出门，经常有沙尘暴出没。导游说当地人基本上不穿白色衣服，因为穿着白衣服出去转一圈就成灰的了。

山西的山较多，煤也多，修条路也经不起运煤车的破坏，所以没有几条好路。那天我们从少林寺出发直奔山西壶口，几百公里路竟然从中午一直走到晚上10点，一路盘山越岭，车速根本提不起来，就维持在40公里以下。遇到高原山路被冲坏的路段，车子便颠簸跳跃着，人跟着起伏，一会就晃得头晕。

游记

147

有同事大叫："这是什么路啊，我们都快成三跳团长了。"车在路上跳，人在车里跳，心在胸中跳，果真是三跳呵。司机小李握着他的新车方向盘，心疼地说："以后再有到山西壶口的旅行团，给多少钱我也不能干！"

好在壶口瀑布并没有让我们失望，否则这一路的艰辛不白白折腾了？壶口瀑布也比较尴尬地位于山西及陕西两省交界处，在交界处的黄河峡谷地段，两省境内各有一处壶口瀑布，他们各收各的门票。我们选择的山西境内壶口瀑布，翻过一个山头就是陕西的瀑布，据说那边更壮观。

早上的壶口游人不多，可以静下心来多角度全方位地感受壶口瀑布的风采。壶口瀑布可不同于寻常瀑布，她是黄河中气势最宏大的瀑布，也是一条移动的瀑布，由于河水冲刷，瀑布的位置每年要向上游移动 0.7 米，并且还是一条落差四十多米的地下瀑布。因为壶口嶙峋窄小，河水奔涌而下就更加湍急，也更显一派豪迈之势，激起冲天浪花，如烟如雾，经过阳光折射，形成一道美丽鲜明的彩虹，如仙境般迷幻。看

着浑浊的黄河水，听着涛声阵阵轰鸣，想象着变幻的瀑布经过N年的大浪淘沙后，究竟会沉淀下什么呢？

静坐在黄河岸边的石头上发了一会儿呆，想起几经折腾的芙蓉论坛也不知是否恢复了元气，想起念丫一个人默默地付出了那么多，那份认真执着的态度一直感染着我，想起可爱的美人鱼总会隔三岔五地发来短信开心一下，分享彼此的快乐，让出门在外的我感觉从未远离。巧合的是，正胡思乱想间，几乎同时收到了这俩妞的短信，内心便盈满了一种被友人惦记的温馨。所以看景色愈美，心情亦更美，旅途的劳顿便不值得一提了。

### 故居掠影

在山西，按游览路线参观了三座名人故居。一是刘胡兰，二是徐向前，三是阎锡山。

沿着一条尘土飞扬的旧路，我们先到了刘胡兰故居，也叫刘胡兰纪念馆，位置比较偏僻，在文水县胡兰镇（镇名应该是后来为了纪念刘胡兰而改的），一个很荒凉落后的地方。导游说平时很少有人来，100个团中不过有一个团选择这里，同事戏称我们团是百里挑一呵。那天到纪念馆门口时，锁着门，管理员看见来人才打开，门票仅6元一张。小时候学过刘胡兰视死如归的英雄事迹，二十多年后在纪念馆里观看刘胡兰生平事迹展览，依然被她小小年纪能有如此坚定的信仰、如此英勇献身的气概所震撼。她生前一张照片也没有留下，纪念馆里展览的故事情节全是凭着想象绘画出来的。刘胡兰从小失去母亲，在后母胡氏的养育教导中长大，她的名字中也是取了父母双姓。父亲是支前模范，后母也是革命志士，家庭的熏陶成就了她的壮举。

徐向前元帅故居位于五台县东冶镇永安村内，距阎锡山故居仅10公里，两个地方都位于五台山下，原来属于同乡，

游记

后来重新规划被分成了两个县。如果有着共同的信仰，说不定他们俩会是好朋友哩，可惜道不同不相为谋。徐帅故居是一幢典型的晋北四合院式建筑，正面为主房，两侧是厢房，上下两层是徐帅青少年时期生活和学习的地方，目前里面陈列着徐帅生平事迹展。故居管理人员共有4人，门票10元，看票价就能读出故居的简陋，像徐帅一生所追求的那样朴实无华。也是游客稀少，门口看车的倒是常在，停一下车收费20元，比门票都贵呵。

虽然徐帅故居同阎锡山故居距离很近，但是站在阎府门口，就能感觉出反差有多大，无从对比。阎锡山故居内处处花园洋房，一套连一套的深府大院，占地3万多平方米，彰显着都督府的豪华气派。楼顶设有瞭望台，既可站岗又能观景休闲。为了方便逃跑，地下建有秘密通道，直通另一座别墅。故居里面内容丰富，馆内陈列品也很丰富，共58个陈列室，涉及衣、食、住、行、娱、信几大系列的民俗文化和异彩纷呈的民间艺术，很值得研究一番。也因此，阎锡山故居门票40元，门庭若市，热闹非凡。另外在阎府三堂南厅墙上均刻有阎府家训石刻，均取自阎锡山言论，其内容或谈交友持家，或言善德治学，感觉很有教育意义，摘几条于后：一、见事理不明就问，觉言行有错就改，这就是修正做事做人处事处人的好方法；二、管人须知识能力人格均足以领导人，还能通人情，有方法，善言语，能勤劳，能以指挥人，方能尽人之所长；三、自处要常常站在原谅人的地位，不可求人原谅，求人原谅是低人一头，能原谅人是高人一头；四、人生有五要，一要有强健的身体，二要有正当的职业，三要有精巧的技能，四要有充分的知识，五要有公道爱人的热心，有此五者可谓之完人。

## 吃在山西

吃，人人都喜欢，民以食为天嘛。但能把吃当成文化来做，尤其面食文化，恐怕只有山西人了。

山西人离不开面食。山西人喜欢一样面百样吃，光面条就有十几种，拉面、刀削面、刀拨面、剔尖、猫耳朵、擦面、揪片、河漏，而且相当讲究浇头和配菜，其用料之广，花样之繁，制作之巧，令人叫绝。在山西的几天，每餐几乎都有刀削面，浇头却不见重复，各地都有不同特色。据导游介绍，刀削面讲究的是效率和质量。削面高手一般是把面顶在头上，手中持两把刀左右开弓，削出来的面如柳叶飞扬，落进几尺开外的锅里。虽然没有亲自观摩刀削面是怎样做出来的，但是从当地人流传的顺口溜里可以想象削面的艺术，如"一根落汤锅，一根空中飘，一根刚出刀，根根削面如鱼儿跃"。这哪儿是做饭啊，简直就是精彩的民间艺术表演嘛。

山西人离不开醋。在山西呆了几天，既便菜里面里没放醋，饭桌上也是必少不了一瓶醋的。因为山西的水碱性太大，醋可以起到中和的作用，每餐都是少不了醋的，所以山西人和醋结下了深厚的感情。山西是醋的故乡，在民间至今流传做醋的遗风，很多地方家家户户都会酿醋，也因此山西出了好几家上榜品牌的醋加工厂，在全国赫赫有名。所以导游带我们到东湖醋厂参观后，看醋的花样品种繁多，色泽黑红发亮，再品尝一下老陈醋浓郁的味道，都忍不住大箱小箱地买，我也买了两箱。见到太原的花瓣雨姐姐后，才知山西最好的醋是宁化府的，姐姐送我的一箱极品醋，俺至今没喝呢。那哪儿是喝的呀，那是留着回味的，就像陈酿一样，越久应该越醇厚吧。

山西有不少名吃。当地有一首民谣是这样唱的："平遥的牛肉、太谷的饼、清徐葡萄是甜盈盈。"在平遥，我们每餐都吃上了地道的平遥牛肉，的确香嫩可口，不油不腻，不做广告了，感兴趣的自己去品尝吧。

因为我个人对红枣情有独钟，所以在平遥逛街时，发现店铺里出售许多红枣，就买了一些。红枣大多产于吕梁地区的柳林镇，那儿被称为"中华红枣第一镇"，又称"中华母枣源柳林，三交红枣甲天下"。吕梁光照时间长，昼夜温差大，所以枣的味道特别甜，同延安的红枣味道近似，但形状比延安的好看，圆润亮泽，个大色艳饱满，非常诱人。

## 山西民谣

每一个城市有每一个城市的主题，每一个城市有每一个城市的风情。山西风情，简而言之，我觉得可以用当地人总结的山西八大怪来描述：

杏花村汾酒把客街
老陈醋也算一道菜
土豆白菜论麻袋
刀削面要比飞刀快
烙饼用的是石头块
墙上挖洞把房盖
路边的灰土当煤卖
新娘的盖头给驴盖

2006.6.30

# 黄金周里挤北京

拥挤的北京，人才密集，人口也最拥挤。

即便知道北京在黄金周里会愈发拥挤，可还是忍不住要去凑个热闹，不是为自己（我们去过不止一次了），是为了老人。一直都想带母亲去伟大的北京看看，因为北京是首都，是几代皇帝居住过的地方，是中国的政治文化中心，更是母亲那一代人曾经最崇拜的地方。同时也想让老人体验一下坐飞机的感受。于是，经过三番五次做工作，母亲终于答应，婆婆也愿意前往，我们一家三口随行服务，组成五人团队。于是，在网上搜索着适合老年人的"北京游"，很快就找到合适的旅行社。双飞 4 日游，电话联系，交费，签合同，拿票，一切轻松搞定。

## 10 月 1 日

从临沂机场到北京南苑机场，仅一个小时行程，10 点 50 分就到达目的地。这次来北京，视觉上最突出的变化就是处处可见的与奥运有关的标语了，"同一个世界，同一个梦想""北京欢迎你"等等，让人备感温馨。

午饭后，先简单参观了一下军事博物馆，之后重点游览了慈禧太后养老的地方——颐和园。额的神哦！想象着很拥挤，而事实上比想象的还要拥挤。满眼都是人，黄皮肤的，白皮肤的，黑皮肤的，都赶着奥运之后扎堆来了呢。人太多，怕挤着老妈，一路上，一手抓紧老妈的胳膊一手撑开半圆状挡着行人的拥挤，还得紧盯着导游的小蓝旗别挤散了，也没顾得上仔细听导游的解说词。颐和园大约占地3平方公里，主要由昆明湖和长寿山组成，昆明湖占去多半。园内路多，人更多，无法走遍，只选择了一条比较经典的线路，沿着湖畔边走边看。

　　途经"乐寿堂"，慈禧太后起居的地方。院中有一块名石，印象较深，叫"败家石"。据说是明代一位叫米万钟的大臣遗弃的石头，被乾隆从半路上捡回来的，由于此石个头太大进不了院门，只好拆了大门才移入院内，弄的乾隆的母亲——钮钴碌氏很不高兴，让乾隆扔了那块石头。乾隆不舍，于是向身边的刘庸递了个眼色。刘庸会意，便说此石酷似灵芝，明代的米万钟因不配拥有此石，致使败家，如今此石已到园中，说明它确实是为太后而来。乾隆也在一旁随声附和，亲自为它起名"青芝岫"，并写了几首御制诗来为它正名，从而留下了这块石头。

　　走过颐和园里著名的长廊，便可见那座白色的大石船，名叫"石舫"。石舫融汇着中西特色，船体是中式的，而顶部的装饰和船桨叶的模式则来源于西方。当初乾隆建造这座石舫，意喻着大清的江山坚如磐石，无覆舟之忧。

万寿山不是很高，但是建设得诗情画意，只可恨行人太多，破坏了赏景的悠然心情。

两次来颐和园都是在拥挤的黄金周里，下次一定避开人流高峰，好好感受一下皇家园林。

### 10月2日

到北京一游，长城是必然要登的。长城是中华民族的象征，始建于秦始皇时期，历经各朝代增补修筑，久经风雨，容颜不老，雄伟神奇，是世界上最伟大的建筑之一。长城全长12000多里，八达岭长城是明长城中保存最好的一段，也是最具代表性的一段。

10月1日晚上，导游小孙一再提醒我们团队，八达岭长城一段最拥挤，近几天堵车严重，能不能以居庸关代替八达岭？我们一家当然没意见，但是整个团队中有一人不同意也不行，最后还是决定去八达岭。

早上5点半就出发了，一个多小时后，在距离八达岭入口6公里处，果然发生了大面积堵车。几分钟向前移几步，等得人心焦。后来车里大部分人选择了步行前往，我陪着我老妈、婆婆以及另三位大龄旅者继续坚持坐车。远远地看着长城上面，除了一片人头就是山头，人山人海，真叫一个"壮观"！不知他们都是几点登上去的？不会连夜不睡吧？短短一段路程，因堵车折腾了近4个小时才到达停车场。这时老公发来短信："长城上人满为患，我们快下了，你们别上来了！"呵，起个大早赶来，就在长城脚下拍了几张照片，便上车返回了，亏不亏呀。返回途中，步行爬长城归来的儿子，眉飞色舞地描述着："长城上挤得太爽了，连爬坡时都不用担心摔倒，因

为四周都有人拥着你，哈哈，感觉就像腾空一样。"这也算是别样的体验吧！

午饭安排在北京市玉雕厂附近的一个饭店里。由于人太多，我们顶着灿烂的阳光，整整排了一个多小时的队，才吃上饭。累得头晕，没有食欲，勉强吃了几口作罢。经常外出旅行，这却是头一回遇上吃饭还要排队的，人们啊，黄金周里千万别挤北京了！

下午参观珍珠养殖场，买了2条珍珠项链和2枚珍珠戒指，分别送给老妈和婆婆。做子女的，只要老人高兴就好。

导游说鸟巢的门票不好买，除非提前几天安排，所以此行只看了一下外景。

## 10月3日

俗话说："一座恭王府，半部清朝史。"来到北京不参观一下恭王府，多少有点遗憾。所以，参观恭王府是我们一行临时增加的项目。前来参观的旅行团很多,到处也都是人挤人,在进后花园的西洋门前,排了一个多小时的队,才买到门票。想必当年的和珅,是绝不会料到今天会有这么多的游人对他的腐败史感兴趣吧。

恭王府始建于清朝乾隆年间,是和珅亲自设计并建造的私宅。和珅被嘉庆皇帝灭了之后,王府被赐给嘉庆的哥哥永璘居住。到了咸丰年间,又赐给咸丰的弟弟恭亲王奕訢使用,因此这里被称为"恭王府"。

恭王府里机关很多,道道很多,讲究很多,就象和 的花花肠肠一样,搞得很复杂,看得很累人。比如独乐峰、平步青云、蝠池、榆树、康熙留下的天下第一"福"字碑等等,耐人寻味。

在离开恭王府之前,到王府的戏楼里,听了一会戏,喝了一会茶,品尝了免费点心,过了一把当年的王爷瘾。

之后,导游带我们参观景山公园。

景山位于北京城的中轴线上,是北京城中心的至高点。登上山顶,可以远眺整个北京城全貌。由于时间紧凑,没有登山,在里面转了一圈,便出了南门,进入故宫。

故宫,与几年前来时的感觉不同,建筑全部整修一新。在晴朗的秋天里,这座皇家宫殿显得格外的绚丽多彩,壮观气派。皇帝家明显比和珅家建设得大气,道路宽敞,房子也高大。同样多的人流在这儿便稍显疏散,我一边忙着照顾老人,一边拍照,儿子则拿着录音笔追着导游录她的讲解。就这样,抚摸着皇家的印记,一步步经过了太和殿、中和殿、保和殿……

傍晚时分,各自组合逛王府井大街。母亲说这一天走了有50里路,感觉有些疲惫,也就没怎么逛。其实也没啥好逛的,俺们临沂是物流商城,想买啥没有呀?王府井附近的那条小吃街倒是蛮有特色的,街上有近百个摊铺一字排开,统一服装,统一摊具,统一招贴,规模还不小,似乎各地的特色小吃都有呢。吃了一阵烧烤,也喝了南京的鸭血粉丝汤,后来又盯在家乡的小吃煎饼上——还是这种食物让人吃得踏实、吃得痛快呵。

## 10月4日

早6点多便赶到北京南苑机场，本来是8点零5分飞机，结果因雾天而延迟了一个多小时。10点半到达临沂机场。回到老妈家，正近中午，给老妈看家的小妹做了一桌色香味俱佳的饭菜为我们接风洗尘。

2008.10.6

# 梦圆云之南

云之南，是我多年来的一个梦，于我充满了无限的好奇和向往。

10月份的最后一天，晚上11点15分，当郑州飞往昆明的航班安全降落在机场的时候，我们一行长长地舒了一口气。走出机场，昆明的导游小常手抱大束玫瑰花迎接着我们，笑脸像花儿一样。季节界限不明的暖风轻拂在脸上，街道两旁的皂角树开满了细碎的黄花，在灯光下散发着淡淡的清香。刹那间感受到，我们已从江北，真真切切地来到了四季如春的彩云之南⋯⋯

## 精彩纷呈话石林

一部《阿诗玛》电影，一首《阿诗玛》长诗，一曲撒尼族民歌《远方的客人请你留下来》，让人们记住了阿诗玛的故乡——石林，去年又被评为国家5A级景区，更增添了石林的魅力。石林神奇迷人的自然风光与独具魅力的民族风情相融合，像磁石一样吸引着成千上万的中外游人。或欣赏它的壮美，或领略它的风情，或考察它的史迹，或探索它的奥秘，旅游者纷至沓来。也因此，石林被我们定为云南之行第一个要造访的地方。

初来昆明，第一天出游，就感受到了气候的多变，一会儿阳光灿烂一会儿阴雨绵绵，一会儿大雨如注一会儿细雨如丝。我们一路欣赏着变幻莫测的云彩，听着导游讲述古老的文化，讲述阿诗玛和阿黑的爱情故事，歌声笑语中，被大巴车载到了著名的石林景区。

据说这里是几亿年前地壳变迁形成的。沧海桑田，海洋变成了陆地，陆地变成了海洋。而石林就这样，从海洋里裸露出来，又经过年年岁岁日月侵蚀和风化而形成。

此时，尽管不是周末也不是节假日，尽管天空飘着细雨，石林里依然游人如织。导游见状，建议我们一行反其道而游之，避开人流高峰。一般游览线路是由大石林到小石林，而我们则由小石林入、大石林出。

小石林地势比较平坦，道路宽敞，绿草荫荫，幽静淡雅，草坪四周点缀着奇峰怪石，有的似蘑菇群耸立，有的像利刃竖起……尤其引人注目的是，进入小石林不远，便看见一石峰，状如唐僧，峰顶似僧帽，犹如双手合十打坐；旁边一石峰则神似沙僧，长伴师父左右；附近还有一块悟空石，与旁边猪八戒酣睡之态呼应，形成一幅逼真的唐僧西行取经的画面。走在圆形碧池附近，又见一座神奇醒目的石峰，貌似头包红手巾，身着彝族服装，背着竹篓，深情眺望远方的少女，这浑然天成的奇石，被当地人亲切地称之为"阿诗玛"，让游人兴趣盎然。

沿着石板路边欣赏边前行，不知不觉来到望峰亭脚下，径直攀登上去，几分钟就到了亭子上。凭栏远眺，一座座奇峰拔地而起，峰林叠嶂，错落有致，构成千峰竞秀、各展异姿的石林奇景，宛如一幅浓墨重彩的山水画卷尽收眼底。层层叠叠的石峰，远远望去恰似一朵盛开的莲花，故而人们称之为"莲花峰"。眼望峰底，曲径通幽，游人手持花伞恰似一条长龙，慢慢蜿蜒在石林间，成为一道别样的风景。

走下亭子，转入大石林，又是另一番景象，道路狭长，四周陡峭。因下雨，路比较滑，游人走起来更加小心。或翻石而上于高处俯视，或踏石而下抬头仰望，奇石、怪石、灵石，起伏波折，俯仰自如，形态各异。"犀牛望月"惟妙惟肖，"母子相依"情真意切，"狸猫戏鼠"妙趣横生……

在流连不舍中走出了石林。至今回忆起来，心中仍有缺憾。如果不是随团受时间所限，一定会深入进去，仔细感受一下这石林里更多的精彩和奇妙。

游记

## 闲庭信步逛丽江

游完石林、七彩云南之后，本来要乘火车去大理的，行至半途中，遇前方山体滑坡，只好返回昆明，改飞丽江。再回头想，这次偶然的小插曲对我们来说既是考验又是机缘，有惊无险，柳暗花明，使得后来几天的行程，走到哪儿哪儿便晴天，灿烂的阳光一路相伴。

飞机降落在丽江机场的时候还不到八点，正是丽江的清晨，白族司机小苏开车接我们去古城。途中，玉龙雪山时不时地露出冰山一角，远远地向我们展示着它的神圣和神秘，继而又被云朵遮住。沿途的景色让我们一扫连夜的疲惫：蓝天、白云、晨雾，柔和在一起，天空那种蓝，很纯净很清澈，如洗如浴，一尘不染；白云大朵大朵的，像刚刚弹过的棉花，悠闲随意地飘荡着；晨雾则聚拢着，犹如一条洁白的绸带挂在山腰上，轻歌曼舞。整幅画面很大气，很生动，对于没见识过高原的人来说，算是惊艳了。

在丽江古城住下后，安排了一整天的自由活动时间。对古城感兴趣者，可以轻松愉快地与古城对视、交流、亲近，感受它的古朴与优雅、热闹与幽深。

丽江古城地处金沙江上游，西枕狮子山，北依象眼山，四周青山环绕，建筑青砖灰瓦，街旁杨柳依依，流水穿巷走院，汇集了独特的纳西文化，又吸纳了现代的时尚元素，愈发地增添了她的魅力，就像一个美丽的梦，经历了800年的风雨沧桑，还在无数个生命和记忆里轮回。它有类似于别处古城的特点，又不同于别处古城，就好比人与人，内在的气质是

各不相同的。我曾经去过苏州的周庄古镇，也曾去过山西的平遥古镇，它们古色古香的建筑和淳朴的风土人情，既相似又各具特色，各成一体。丽江古城山水兼有，空气清新，小桥流水人家，定格成一道浪漫温馨宜居的风景画。古城规模之大，保存之完好，也是其他古镇无法比拟的，其建筑布局以科学而著称于世，规划设计合理周密，细节处理趋于人性化，从古城中心的四方街四角向外延伸，分岔出众多街巷，相互交错，往来畅通，道路全部用五彩石铺砌，平滑洁净，晴不扬尘，雨不积水，折射出茶马古道走出的流动文明。

如果你想一览古城全貌，就沿着四方街向上走，山坡上有家客栈设有观景台，只需花2元钱，即可感受古城的另一种神韵。站在高处，放眼远望，鳞次栉比的古典建筑群，被蓝天、白云、远山、绿树衬托着，气势非常壮观，令人肃然起敬。

这是一座民族风情浓郁的古城。纳西族主要的聚居地就在这儿。街道两旁卖民族特色产品的店铺占大多数，里面的店主，穿衣打扮也多是民族特色，通过服饰，可以看出男女老少、是否结婚等身份。纳西族妇女大都很能干，她们热情质朴，做事干脆利索。不管是缝制民族服装、织披肩、刺绣，还是打造饰品，她们的神态都是投入而专注的，你来不来都不影响她们边加工边做生意。偶尔也会碰到几个身着民族服饰的纳西族老太太，她们也不会闲着，背着背篓从眼前目不斜视地穿过，如果你肯主动友好地跟她们打招呼，她们也会热情地停下来寒暄几句，就像街巷上空飘荡的民族音乐，不够含蓄，但荡气回肠。

这是一座视水如生命的古城。这里的流水穿过家家户户，周而复始，长流不止，但是没有一人去污染它，去破坏它。人人都爱水如金，家家都视如己出，天天如此，月月如此，年年如此。所以，这里的水一直都那么干净透明，清澈幽静如古城的眼睛。

这是一座喧嚣而又自我的古城。来自五湖四海的游客，不约而同穿梭于街头巷尾，熙熙攘攘而来，熙熙攘攘而去，欣赏着同一片景色，快乐着自己的快乐。那些成双成对的情侣们，相拥相携漫步在街头，嘻笑打闹着，惬意地犹如走在自家的庭院。

走在丽江古城的街道上，再匆忙的人也会身不由己放慢脚步，穿过纵横交错的小巷，听着忽远忽近的民乐，看着低低的云朵从头顶飘来散去，心渐渐被安抚了。只想找个僻静的处所，坐下，泡上一壶地道的普洱茶，看窗外云卷云舒，不管风吹雨急，不问世事烦忧，胜似闲庭信步，不亦乐乎。

## 玉龙昂首天咫尺

早饭后，旅行社的大巴车载着我们在玉龙雪山附近的东巴谷作了片刻停留，感受了东巴文化、摩梭人的走婚、他留人的"过七关"等民族风情。之后离开东巴谷，直驶玉龙雪山。

由于门票没有提前买出来，只好以身份证抵押，据说参观玉龙雪山早已推行实名制了。丽江是全国文明景区示范点，旅游工作比较超前，去年仅旅游收入就超过了57亿元。导游是当地的白族人，他热情地给我们讲起玉龙雪山的传说，讲起纳西人如何把玉龙雪山当作圣山来崇拜。目光透过窗玻璃搜寻着玉龙雪山的位置，捕捉雪山偶尔露出的峥嵘，想象着很快就要揭开传说中的玉龙雪山神秘的面纱，与其近距离接触，心情有些激动。

我国的雪山大大小小有十几座，玉龙雪山却是独一无二的，它是迄今为止人类唯一没有征服过的雪山。玉龙雪山海拔5586米，虽不及喜马拉雅山高，但是因山上岩石风化严重，山顶险峻，且有大面积的冰川地带，以至任何一支登山队只能对它"望山兴叹"。

行驶中，忽见峰顶云雾淡开，玉龙终于现首，引来车里游人呼声一片。一路迎着雪山的圣影前行，时间过得飞快，到了停车场，摄影爱好者首先拿出相机对着乍隐乍现的雪山一阵猛拍，之后选择线路亲近雪山。当时有两条游览路线可以选择，一条坐大索道，至海拔4506米处，在雪线之上，可观赏冰川雪原；另一条坐小索道，至海拔3208米处，可观赏原始森林。我们选择了后者。

我们一行人真是有福气，登山这天，难得的秋高气爽，艳阳高照，最高气温达24度，观雪山处最低气温也不过零下2度，根本用不着租棉衣，一身轻松。下索道后，走了一小段，找了处最佳位置，以便同玉龙雪山眉目传情。

屏息静观，玉龙雪山是变幻莫测的。时而云雾缭绕，"犹抱琵琶半遮面"；时而白云封顶，"美丽在暗中绽放"；时而云开雾散，阳光普照雪山，"玉龙昂首天咫尺"。当玉龙雪山清晰地呈现在我们眼前时，才得以看见主峰，名唤"扇子陡"，状如折扇，与天相接，好一个冰清玉洁的世界！面对此情此景，大家不约而同举起相机，将瞬间拍成永恒，或拿出手机，同家人亲友分享自己特别的感受和快乐。

有些遗憾的是，玉龙雪山的生态环境正在遭受破坏，雪线上升警报频传。究其原因，一说，全球气候变暖；二说，过多过快开发。短短几年，玉龙雪山先后架设了3条索道，直通雪山保护区的核心区域，大量的人流、物流涌入，造成了雪山上特有的小气候失去平衡。许多年后，玉龙是否依然？雪山是否还在？想到这儿，不免有些心疼。玉龙雪山，如果我们的到来扰乱了你的正常生活，甚至，危及了你的生命，那么，我宁愿选择在梦里编织你的模样。

值得一提的是，玉龙雪山脚下，与之遥相对应的蓝月谷，晶莹剔透，仿佛雪山的灵魂一样让人震撼，迷幻的光影，靓丽的色彩，醉人的意境，不知该用怎样的文字来表达才更确切。这儿暂且略去，择机专门述之。

车子回返时，心里想的，脑海里装的，全是玉龙雪山。玉龙雪山，初见你，只因多看了你几眼，再也无法忘记你的容颜。

## 风花雪月看大理

大理是一座令人神往的城市。对于没有到过大理的人，认识大理无非源于三个出处，一是金庸小说中段王爷的"一指神功"，道出了南昭国的悠远神秘，令人掩卷遐思；二是电影《五朵金花》中一曲"蝴蝶泉边来相会"，让人见识了大理的秀美与多情；三是媒体的宣传铺天盖地，大理集历史文化、风景名胜、民族风情、旅游休闲、最佳中国魅力城市等多项桂冠于一身，甚至被称之为"最适合人类居住的城市""人一生不能不到的地方"，引无数游客慕名而来。

我们就是那慕名而来者。车进入大理界，一路上，听着风花雪月的故事，欣赏着窗外的无限风光，感慨着终于来到这个魂牵梦萦的地方，心里舒畅满足，以至于看什么都温馨浪漫。大理西倚苍山，东傍洱海，慵懒地舒展在茫茫的云贵高原盆地，犹如一幅精美的山水画里最点睛的那一笔，很是动人。大理是个县级市，人口不足60万，市区面积也不大，但5星级酒店就有6家，名字大都起得风雅有趣。刚走到闹市区，就看见一家很显眼的5星级酒店，名曰"风花雪月大酒店"；下车时，抬头见我们用晚餐的饭店叫"燃情岁月大饭店";喝酒时,发现当地产的啤酒也是"风花雪月"牌;后来逛街,看到有家老家号银铺命名"风花雪银"。初来乍到,满眼的"风花雪月",满心的想入非非,呵呵。怪不得,在大理流传着这样一幅对联:上关花,下关风,下关风吹上关花;苍山雪,洱海月,洱海月照苍山雪。横批:风花雪月。 可见,下关风、上关花、苍山雪和洱海月,造就了大理的风韵,同时也被世代居住在这里的人们自然而然地融入了他们的生活及风土人情之中。

有人把云南之旅概括为三步曲:吃在昆明,逛在丽江,看在大理。一个"看"字,就懂得,大理定会给游人视觉上留下难以忘怀的印象。

郭沫若曾有诗云:"苍山韵风月,奇石吐云烟",一句话道出,苍山不仅为大理蕴藏着丰富的奇石,而且还为大理滋生了无边的风月。大理依偎在苍山的怀抱中,听风看云,悠闲自在。而苍山却是不停地变换姿态的,有时云雾相连,忽明忽暗;有时晴空万里,线条分明;近看峰峦挺拔,远看起伏柔缓。据说山顶上终年积雪,被称作"炎天赤日雪不融",成就了大理的"风花雪月"四景之"苍山雪"。更奇妙的是,苍山上两峰之间皆有一条清澈的小溪,自上而下,汇入洱海。

苍山洱海,多么美妙的名字,轻轻吐出这几个字就感觉特别有韵味。当我把手伸进洱海与其肌肤相亲时,心便醉倒在这片绿色的柔波里。之后兴奋地随大部队上了一条"大运号"轮船,向洱海深处漫游,先后经过金梭岛、天镜阁、小普陀、南诏风情岛等地。洱海面积250平方公里,一游就是3个小时,在上面可以观景,可以喝茶,可以听戏,可以打牌,随心所欲,自由自在。洱海里的帆船,对面的苍山,坝子上的白族村落,蓝天白云,层次分明,又是一幅天然质朴的山水画。据导游讲,农历十五月明之夜,若能泛舟洱海,会发现那晚的月格外的圆满亮泽。水中,月圆如轮,浮光摇银;空中,清辉灿灿,仿佛刚从海中出浴。让人分不清天上月同海中月哪个是真,

哪个是假。"风花雪月"四景之"洱海月"，因此得名。

崇圣寺三塔背靠苍山群峰，面临洱海碧波，占尽了风水宝地。远远地，就能看见它卓然挺立，俊逸不凡的身影。走近了看，三塔周围绿树环绕，上空云雾飘渺，大有穿云破雾之势。大理三塔中，大塔又名千寻塔，塔高69.13米，共有16层，造型与西安小雁塔相似。分立在大塔两侧的南、北两小塔，均高42米，是一对八角形的砖塔。三塔成品字形矗立在一起，浑然一体，闻名中外。要想拍摄到完整的三塔及倒影，只有一个去处，那就是三塔倒影公园。由于崇圣寺刚刚翻新过，里面的建筑在阳光下显得格外绚丽醒目，与蓝天白云相互烘托，色彩饱和，随手按下快门就是一张美仑美奂的风光片。

如果说崇圣寺三塔是大理显著而张扬的一个外在标志，那么蝴蝶泉则是大理的一种内在精神。中午时分到达蝴蝶泉，就是电影《五朵金花》里阿鹏、金花对歌谈情的地方，徐霞客曾用心勾画了蝴蝶泉的三景：泉、蝶、树。可惜的是，如今只能见到泉和树，而不见了蝶。不过，这一眼泉，早已经

深入人心，在白族人心中，泉就象征着爱情。每年蝴蝶会，白族青年男女都要聚集到这里，"丢个石头试水深"，用歌声寻觅自己的意中人。大理的风花雪月也体现在这里吧。

大理也有古城，比起丽江古城规模小得多，但是风格不同，热闹非凡。古城里有一条著名的洋人街，街道长不足二百米，两边密密麻麻地开着店铺，店铺建得"歪门斜道"，房顶上面长满了杂草，店里却布置得风情万种，与蓝蓝的天白白的云相映成趣。南来北往的游人，不管何种肤色、何种语言，在古城的晴天丽日下或斜风细雨里，共同挥洒着一份自信和浪漫。

风景自有怡人处，然而怡人的并不仅仅是风景。大理的魅力，不仅来自天然，来自历史，来自人文，更来自民族风情。大理的少数民族有20多个，白族最有代表性，占大理总人口的65%。白族人能歌善舞，只要会说话就会唱歌，只要会走路就会跳舞，唱歌舞蹈作为一种生活方式，既为了表达自己，又能与他人交流，这是一个解风情、会享受的民族，被西方人称为最浪漫的民族。你听说过白族的这个习俗吗？每年把农历四月二十一日至二十三日的三天，定为白族人的情人节，只要是年满六十岁的老人，都可以和自己的初恋情人约会，重续他们当初没能继续的缘分，政府与法律允许，双方的配偶子女不得干涉，更不会受舆论与道德的遣责。初恋是人生最纯真最美好的情感，但因种种原因没能走到一起的，总会留下终身的遗憾。白族的这个习俗，使人们不再抱憾终生，虽不能一生一世在一起，起码可以有三天时间聊慰一生之恋，哪怕是在年老的时候。

身在大理，心就想成为一个真正的白族金花，和自己的"阿鹏"踱步苍山，漫游洱海，秋水碧于天，画船听雨眠，对酒当歌，一梦天涯。

## 轻松休闲世博园

在昆明住了三天，世博园作为云南的形象名片之一，是一定要去的。来之前，听到周围去过的人对世博园褒贬不一，

但我还是满怀希望，要亲自尝尝"梨子的味道"。

其实，对于外出旅游者，其出游的态度及目的很重要，直接影响到出游的心情和收获。走出来，就是对外界的一种交流和认知，是对自然和文化的一种学习和探索。当然，外出的目的更多是休闲，是放松。所以，任何时候，都不要对单纯的风景在视觉上抱有太高的期望，只有看淡风景，放飞心灵，才能获得实质的愉悦。

昆明世博园距昆明市区约4公里，占地面积约218公顷，植被覆盖率接近80%。园内主要有5大场馆、8大景区、34个国内展园和35个国际展园组成，其中有9个国家和国际组织分别在这里建起了自己的专题展示园，几乎汇集了世界各地的园艺风景。如果不想乘车走马观花地看，全部游览一遍大概需要一天的时间。

我们在世博园呆了一个下午，很尽兴，很愉快，就是场子太大了，没有全部转到。场子大有场子大的好处，进门时遇到几个旅行团，到了里面一分散就找不到了，感觉安静空旷，悠闲地走在里面也没人打扰，真好。天气也很配合，既没有热烈的阳光曝晒，也没有缠绵的阴雨笼罩。我们三五成群，或两两结伴，各自根据兴趣随意前行。经过音乐广场就停下来听一会音乐，看到瓜果园、盆景园、树木园就进去欣赏一番，遇到杂技表演就观看几个节目，碰到让眼睛一亮的景致就举起相机，走累了就坐在路边长椅上休息一下，边漫步边交流，既当"导演"又被人"导演"，一路上赏景、调侃、拍照，留下许多欢声笑语……

说实在的，人家投入了那么多的人力、物力、财力、精力，把诺大的园子布置得这样条理分明、干净整洁、秀丽养眼、休闲快乐，让你一日之内可以品味风格各异的五洲风情，感受容纳百川的文化氛围，欣赏精美的园艺制作，享受美景放松心情，何乐而不为？

世博园出来，走进建新园，吃了一顿正宗的过桥米线，味道那个醇香，海碗那个硕大哟。每个人都捧着大碗吃得细汗淋淋，通体舒泰，赞不绝口，给这轻松舒畅、回味无穷的一天画上一个精神上和物质上兼称圆满的句号。

## 后记

云南之行的最后一程，是参观花卉市场，看着满眼物美价廉的花花草草，忍不住买了一大抱鲜花、干花，之后奔昆明机场，想象着一路花香相伴，喜悦无比。

挥一挥手，不带走一片云彩。而我，还会再来，因为云南的云、云南的山、云南的水，纯净美丽素朴得让人剪不断、理还乱，因为香格里拉、西双版纳，是此行未能如愿的又一个心结。对此，我充满期待。

2008.11.6

# 造化无处不天堂

出发前，当旅行社向我们宣布此行的具体线路时，马上意识到这将是一次倾向猎奇的自然风光之旅。且不说山城大足石刻的举世罕见，亦不说道教名山武当之灵，单是神农架里关于"野人"的种种传说，便足以让人心生敬畏、神秘之情愫了。

## 跋山涉水觅"神农"

早上八点半集合，乘大巴车至济南机场，一路欢声笑语，对将去的地方无不心向往之，或许仅我一人对此行未能重复厦门路线心怀点点遗憾。原以为会走一条线呢，那样就可以见到心仪已久的美人鱼了，甚至还可以与某妞的偶像一起喝杯茶，为了想象中浪漫的约会，我还专门去了一趟美发厅，生生把好好的头发折腾了四个多小时呢。结果……念儿说早就帮我广而告之了，这不是言而无信吗？中午，在机场候机室内，收到美人鱼的短信，遂恨恨地告之此行果真绕道厦门另去其他地方，彼此唏嘘安慰了一会儿，只有期待新的一年能带来新的机会了。

飞机到达武汉时，已是下午四点多。湖北的导游小曾及司机谈师傅，早在机场外等候，坐上他们的中巴车，直奔宜昌。谈师傅二十多岁年纪，却有着十年以上的驾龄，未成年时就开始学习驾驶了，开起车来够猛的，一路上超了好多辆小车。尽管如此，我们的车子到达宜昌市内时已是深夜十点。住下后，第二天一早又向着神农架景区所在地的木鱼镇出发。

从宜昌至木鱼，道路正在维修中，沿着香溪河一路颠簸向前，两边群山连绵起伏，触目可见诱人的金桔。导游在车内介绍着宜昌的概况，提及屈原和王昭君都是宜昌人，并且此行途中恰恰经过昭君村，一行人听到王美人就生在这深山老林里，立刻来了兴致。带队负责人表态，既然千里迢迢来了，就进美人村看看。午餐也是在美人村吃的，间隙里我们几个还到附近果农的桔树林里拍了几张照片，买了一些桔子，边吃桔子边琢磨，那样一代绝色美人，生活在传说有野人出没的神农架里，香溪水边浣纱，拨弄琴棋书画，是如何被当年的"超级女生"选秀节目给选中的呢？初出汉宫时，又是怎样的心情？"可怜青冢已芜没，尚有哀弦留至今"，有关美女出塞的一切，如今也只能凭想象了。

自昭君村至木鱼的路越发难走，总共56公里的路程，走了近四个小时才到达。崎岖的山路，把平时不晕车的同事也给晃晕了，可见道路的艰险。不过精神头都挺足的，路上导游给我们唱当地民歌，她唱一句，我们就跟着和一句，没觉得路上时间漫长。

到了木鱼镇，看到干净整洁的街道，优雅别致的建筑，一条木鱼河从镇子主要街道旁边悠然穿过，将山中岁月带向远方，感觉好极了。这儿既是神农架的入口，又是神农架最繁华的一个镇，居然还有三星级的宾馆，索性在此住了两晚。此时正属淡季，只有两家饭店开张，特产商店也有相当一部分没有营业，据说旺季还有民俗风情表演，可惜来的不是时候，不过倒是享受到了旅游中难得的安静，很少遇到其他游客，拍照片也不必等候或抢拍。热闹有热闹的快乐，安静有安静的韵味。

不管热闹还是安静，对于造访者来说，这里始终是个充满谜幻的地方。相传华夏的人文始祖神农氏，牛头人身，曾在这里遍尝百草，采药治病，由于山峰陡峭，山高路险，神农氏就架木为梯，"神农架"由此而来。后来神农架里又频频传出有关野人的讯息和记载，更添了几分神秘，还有神农架那片不曾被破坏的原始的壮阔风景，"山脚盛夏山岭春，山麓艳秋山顶冰，风霜雨雪同时存，春夏秋冬最难分"的别样的气候，一直在人们心中留下无穷的想象。如今，终于与神农架零距离接触了，一时都不知该如何表达内心复杂的情感。

　　清晨九点出发时，没有阳光，让人分不清是阴天还是薄雾。十几分钟后就进了山。上午主要在神农祭坛参观，有兴趣的还在里面敲鼓击钟了，从此也知道了"三钟九鼓"的说法（钟要击三声，鼓要敲九下），下午才真正投入神农架风景区。初冬的神农架，没有萧条的气息，依然有着丰富的色彩，勃勃的生机，透过行驶的车窗，清晰可见那绵延起伏的苍茫的气势，那层峦叠嶂、层林尽染的神秘和美丽，转到山的背阴处还可见积雪在一片清黛中的渲染和点缀，巨幅画卷中那独特的神韵，一定是造化在此留下的杰作了。行至半山腰时，忽然就有了灿烂的阳光，转念一想，在山下看不到太阳可能被山遮住了吧？

山上初见的阳光给人很舒服的感觉，可是气温却分明越来越低了，毕竟神农架号称"华中屋脊"，最高峰海拔3000米以上，山顶飘雪是经常的事。一段冷，一段热，一会儿满眼繁华，一会儿漫山飘雪，让人怀疑季节在这儿出了点差错。

车子低档慢速行使，季节不分明的美景一路相依相伴着，心中跳跃着森林深处万千生灵的生命节奏——在这片神圣的地方，现在探明的植物就多达2670种，荟萃了华夏大地东西南北的植物。这儿也是野生动物的温馨家园，不仅生存着60多种国家一二级保护动物，还有世界上罕见的白熊、白獐、白鹿等白化类动物。不管神农架里有没有"野人"，它卓立于世的神秘、神奇和深邃，已无可替代。

行至金猴溪处，路上的冰雪渐渐增多，眼前出现禁止继续前行的标志。司机把车子停下，导游简单介绍了一下便让我们自由活动。从温暖的车子里走出来，冷得直哆嗦，才知身处海拔2000米以上的山腰上。看到地面上厚厚的积雪，顿感舒爽。不知哪个先握了雪球掷出，相继都玩起了雪仗，热火朝天的，一会儿便出了汗。于是分头行动，有的去寻找"野人"的踪迹（据说能给野人抢拍到一张照片，奖励50万呢），有的去逗金丝猴玩，石头则约上我和茂仔，另僻他径，找寻梦中的白桦树。导游在后面大呼小叫着，不可以走远了，万一真遇到"野人"，怕是被藏起来，N年后自己也成了"野人"。

下山途中，在车里谈论最多的话题还是"野人"。据有关部门调查，神农架内目击"野人"已达360多人次，"野人"身材魁梧、棕红色毛发、半直立行走、有喜怒哀乐表情。许多人怀疑"野人"的存在，认为这种神秘的传说不过是一种商业手段，不然140元一张的门票怎么卖出去。我却没有这样的感觉，自然界本身就是神秘莫测的，是任何一个百科全书式的学者也解读不透的。撇开"野人"不谈，面对造化创制的这一片天然森林，这一道长江中下游不可或缺的绿色屏障，这座动植物物种基因库，这巨幅原版山水画卷，除了感动，又怎会有失落的情绪？惊叹复惊叹，不虚此行。

## 穿云破雾登武当

　　早上，自木鱼镇至武当山，道路越发崎岖，盘山公路在山间绕来绕去，时而开向山顶，时而又绕回山腰，究竟有多少道山弯谁也数不清，估计那首"山路十八弯"的歌词就是在此处创作的。中午到达野人谷时，已经晃晕了好几人。我刚下车就吐了，午饭也没有吃，石头赶紧从口袋里摸出一个橙子给我。小林也晕车没有食欲，私自到附近老乡家里找来3个大萝卜，分别给同事们切了一块，我们在车内边吃边听他讲述搜寻萝卜的经过。哈哈。导游看我们没有倦意，就讲了几个笑话，气氛马上又活跃起来。下午依然山路弯弯，但都没有晕车，可能是野人谷的萝卜起了作用，亦或者是因为距离声名日盛的武当山越来越近的缘故？

　　武当山位于湖北省十堰市境内，中华武术武当派的发祥

游记

地，与嵩山少林派齐名。傍晚到达武当山，在惠苑宾馆住下后，第二天早上才开始武当山之旅。因淡季，且刚下过雪，缆车也停了，可是票价并未因此而降低。十年前武当山的门票仅10元，结果现在涨到180元，还不包括紫霄宫（15元）和金殿（20元）的，涨幅比股市还牛哇。

武当山素有"举世无双胜境，天下第一仙山"之誉，融得天独厚的自然风光、丰富多彩的人文景观、庄重宏伟的古代建筑、博大精深的道教文化和闻名中外的武当武术于一体。而我，千里迢迢地赶来，最渴望一见的却是山顶的云海奇观。

我们的运气真好。从山脚开始攀登时，就呈现薄雾迷漫状态，这样的天气是可以观赏到云海的。

顺着一级级的台阶往上爬，几米以外都淹没在水雾里，许多景色也看不清了。武当山犹如娇羞的新娘，用旖旎的面纱笼罩着她的容颜，给游客留下了更多想象的空间。朦朦胧胧中，不知行了多远，爬了多高，问导游及从金顶返回的游人，听到的都是充满希望的答案：走了一多半的路程了，快了！雾渐渐浓了，同行的人也走散了几个，须大声呼唤才有回应。我们几个一起，边攀登边歇息，还是出了一身汗。于是把棉袄脱下系在腰间，轻装上阵，走走停停。平时缺乏锻炼，走一会儿便腿脚酸软无力，还好他们几个一直在身边鼓劲，偶尔还拉一把，再讲讲笑话啥的，也就一直坚定着登上山顶的信心。人力轿夫看我走得越来越力不从心，就跟随着我做思想工作，说坐轿子是如何如何地舒服，出来休闲就要学会享受，云云。平日里闲散惯了，难得有这样一次锻炼机会，我怎肯放弃？咬咬牙继续坚持着，虽累但快乐。

快到山顶时，遇到两个卖水果的，橘子一元钱一个，黄瓜两元钱一根，遂停下休息了一会儿。在零下几度的环境里，尽管吃下橘子或黄瓜时感觉冰凉冰凉的，但是能量还是明显增加了。抬头时，已可见金顶轮廓，大雾转眼就变成了毛毛雨，伴着丝丝冷风吹来，很快吹散了浑身的汗。目标就在眼前，

178

脚步也变得轻松了。

叫人称奇的是，真正站在金顶之上时，既没有了雾，也不见了雨，天空给人明朗的感觉，只是没有阳光。登高远望，心旷神怡。放眼四周，"七十二峰朝大顶，二十四涧水长流"，主峰天柱峰海拔1612米，其余各峰均倾向天柱。向下眺望，千岩万壑全笼罩在雾海里，远处的群峰也浸在一片无边的白色浪涛中，偶尔露出峰尖，继而又隐藏起来。云海起伏间，如同大海的潮涨潮落，眨眼之间就变幻成另一幅景象。眼前步步是景，处处都如水墨画般让人惊心动魄。置身此处，如同行在云中，如梦如幻，似神赛仙。大自然神奇的造化，赋予了武当山独特的魅力，果真如天堂一般。

下山时，就感觉省劲、舒服多了，来回用了四个半小时，下山后却对未登上山顶的同事故意吹嘘了N次。其实也不算故弄玄虚，山顶的云海奇观的确是武当山上一道最靓丽的风景，千里迢迢赶来，有缘一见，大幸也。

当然，攀登其中的乐趣，也实在妙不可言！

## 烟雨蒙蒙"雾都"行

与"雾都"重庆的相逢是在中午时分。沐浴着薄雾走进重庆，一股湿热的空气，首先给来自北方的我们送上些许暖意。

重庆是一座历史悠久的城市。相传公元1189年，宋光宗在此先封王后登帝位，自诩为"双重喜庆"，重庆由此得名。世界文化遗产大足石刻、雄伟壮丽的长江三峡、璀璨迷人的山城夜景，厚重了重庆的底蕴。唐代大诗人李白也曾以"朝辞白帝彩云间，千里江陵一日还。两岸猿声啼不住，轻舟已过万重山"放歌三峡，留韵千秋。重庆又是中国最年轻的直辖市，生机勃勃的巴渝大地，日新月异的发展变化，处处彰显着新城区的动感和韵律。而江姐时代的重庆市区，却被政府保护下来，除了慕名而来的游客，很少有人到老城区闲逛，

游记

或许只有熟悉《红岩》的人，才会偶尔散步到那里，在纷至沓来的脚步声中，想起当年的江姐、许云峰和小萝卜头们。

我们一行大都是看着小说《红岩》和电影《在烈火中永生》长大的一代，所以，初到重庆的下午，便去参观了渣滓洞和白公馆。据导游介绍，渣滓洞原为采煤的小煤窑，因煤少渣滓多而得名。渣滓洞三面环山，一面邻沟，地形隐蔽。重庆解放前夕，这里曾关押着200多位革命者，在狱中办起了《挺进报》，燃起了革命斗争的烈火……白公馆则在渣滓洞不远处的歌乐山之山坡上，原为四川军阀白驹的郊外别墅，因白驹自认为是唐代诗人白居易（号香山）的后代，故取名"香山别墅"。1939年春，军统特务头子戴笠选中了白驹的别墅"白公馆"，用重金买下改为监狱，1943年又改作第一看守所，专门关押军统认为"案情严重的政治犯"。走在青苔斑驳的石阶，满山的苍翠也掩不住当年的萧杀之气。青山遮不住，毕竟东流去。也许岁月会改变山河，时间能冲淡记忆，但是有关歌乐山悲壮的故事却永远留在了史册里……

第二天早上，在细雨纷纷中，重庆的导游小唐和师傅小吴，带我们去参观著名的大足石刻。素有"石刻之乡"的大足县，遍布摩崖造像，统称为"大足石刻"。而规模最大且独具特色的当属宝顶山和北山两处，因时间关系，我们主要参观了宝顶山石刻。宝顶山石刻始于南宋，历经70余年修造而成，共13处石刻，以大佛湾和小佛湾规模最大。其石刻分布在东、南、北三面，由19组佛经故事组成了大型群雕，各种雕像达一万多处。壁间石刻楼台亭阁，人物鸟兽，花草树木等等，设计精巧，无一雷同，幅幅栩栩如生，件件图文并茂，近似写实作品。边听导游讲解边观看，如同欣赏一卷题材丰富的佛理连环画，"凡佛典所载，无不备列"，太经典了，怪不得被列为世界文化遗产。可惜这些石刻渐渐被风化，个别地方油漆也已脱落得斑斑驳驳，也许很多很多年以后，它们终会在地球上消失。其实人生又何尝不是如此呢？只要拥有时，我们懂得珍惜。

　　据导游介绍说，自从去年秋天的一场国际盛会后，重庆日益成为举世瞩目的焦点，主要原因在于重庆打出的三张名片，即：美女、美食（火锅）、美景。

　　关于重庆美女，网上流传着一句经典的话："到了北京才知官小，到了深圳才知钱少，到了重庆才知自己结婚太早。"重庆自古出美女，这与重庆的气候和地理环境不无关系。重庆是雾都，一年见不到50天有阳光的日子。我们在重庆的三天里，就全是大雾或雨天，湿润温暖的气候给了重庆姑娘细腻白嫩的皮肤。重庆又是山城，出门就爬坡上坎，还练出了重庆姑娘的杨柳小蛮腰。据说在最繁华的步行街上，"三步一个林青霞，五步一个张曼玉"，所以晚饭后人们都喜欢到步行街闲逛，也因之形成了重庆的一大怪——步行街打望真愉快。

　　关于重庆美食，最有代表性的自然就是麻辣的火锅了。重庆人好吃麻辣烫的火锅，越热辣卖得越火，越热辣吃的人越多，越研究品种越齐全，比如鸳鸯火锅、药膳火锅、鱼头火锅、全羊火锅等等。面对这些名堂繁多的火锅，慕名而来的游客哪肯放过？麻辣鲜香的味道，吃一口，大概就能让来自北方的我们记住一辈子，眼泪都给辣出来了。后来我们的肠胃实在受不了，每每吃饭前，总要对导游提出，给厨师说少放辣椒咯。然而当地人却吃得那么酣畅，那么从容，也因此养成了他们心直口快、豪爽麻辣的性格，同时也抵御了潮湿气候对他们身体的侵袭。呵呵，真是一方水土养一方人。导游还说，歌乐山的辣子鸡、磁器口的豆花鱼，也是特色小吃，有机会与重庆再度相逢时，二定要去品尝个痛快。

关于重庆美景，以夜景最为迷人。重庆市区被长江、嘉陵江所环抱，夹两江、拥群山，地理独特，错落有致。因白天往往被大雾笼罩，只能看到近景，稍远处则凭想象了，所以，夜景才能将重庆的魅力彻底展现出来。俗话说，"不览夜景，未到重庆"，所以刚到重庆的第一天晚上，导游便带我们到了"南山一棵树"观景园。此观景园位于重庆南岸区的南山上，是观赏夜景的最佳位置。站在高处远远望去，重庆市区好似一个神奇的宝岛，流光溢彩，万家灯火与水色天光交相辉映，

灿若星河，这便是传说中的"天下夜景在渝州，万家灯火不夜城"了。

到重庆，是一定要去感受一下古城古街古韵的。第三天上午，又是在烟雨蒙蒙中，我们去参观了磁器口古镇，该镇位于重庆城西十几公里的嘉陵江畔。昔日的磁器口曾是一个热闹非凡的水陆码头，为嘉陵江下游物资集散地和中转站。当年曾以"三多"取胜，即庙宇多、名人足迹多、茶馆多。因庙多，这儿一年到头便不间断地举行香会、庙会和花会。今天，当脚步轻轻踏在古巷中，那热闹的麻花叫卖声，那随处可见的茶馆、古玩店，那历经沧桑的青砖汉瓦，依然透露着浓郁纯朴的古风，这大概就是重庆古城的缩影吧。

在重庆的日子里，极少见到街上有骑自行车的。重庆依山而建，山中有城，城中有山，道路坡多，而清一色的黄色夏利出租车来来往往，方便又便宜，人们出门习惯打的，而不是骑自行车。估计骑自行车，遇到上坡也不能骑，最终变成车骑人。所以又形成了重庆的另一大怪——自行车当作废铁卖。

在潮湿的午后与重庆邂逅，又是在细雨中与重庆作别。从重庆机场到济南机场，不过两个小时的行程，而感觉却似两重天。

九天的时间总是太短，匆忙之中未能对所到之处领略详尽。但是这一路的颠簸，一路的笑声，一路的风雨，一路的悠闲，已足够我们回味。其实美景随处可见，其实快乐亦随处都有，只要用心感受。造化皆有意，无处不天堂！

2006 年初冬

游记

# 风雪大顶山

　　早上推门而出的时候，惊喜地发现飘雪了，伴着风，漫天飞舞，飘飘洒洒，2008 年的第一场雪就这样不期而至。

　　而今天，我早已与春风同学约好，参加一项重要的活动。青岛大学旅游学院的肖院长，率领专家、教授、研究生一行，亲赴方城考察指导旅游项目。恰巧我们近期要对旅游产业进行调研，在春风引荐下，有幸被邀参与。

　　出发前，肖院长明确指出："只要是纳入重点规划的区域，路途再艰难也要走。"于是我们决定，当天要完整地穿过方城北部的那座大顶山。我乘坐周书记的小车行驶在前面，春风陪着青大的专家们坐在中巴车里紧跟其后。近山的一段路高低不平，雪越下越大，风越刮越猛，车子缓慢地向前爬行。还未到山坡停车处，路上已经开始结冰打滑，司机说："安全第一，车子只能停在这儿了。"我们一行人下车，刺骨的西北风吹得几乎睁不开眼，稍作商量，结果没有表示退缩的，一致同意顶风冒雪徒步完成原定的行程。

　　穿上雨披，由一位当地老乡带路，便开始了这次难忘的风雪之旅。为了缩短往返时间，我们选择了一条艰险的近道。所谓的近道，就是直接翻山，先到达顶峰的"大顶"，再从山的另一面返回。这条道走起来相当陡峭，如果山上没有那么多的树木可以偶尔抓一把，这样的天气是不敢寻求捷径的。况且，此时漫山遍野已是白茫茫一片，积雪很快就有几公分厚，

一不小心就会摔跤。

　　尽管天气如此恶劣，登山如此吃力，但我们的士气一直是相当的振奋。男士们在关键时刻总不忘拉女士们一把，看见哪个露出疲惫之态就送上鼓劲的话、伸出友谊的手，前后照应，自发凝聚成一股温暖的必胜的精神。一路上有说有笑，累了就停下来喘口气，交流一下感受，有的还不忘练练嗓子喊上几声，有的干脆吟几句即兴小诗，哈哈，好不热闹，心情相互传染着，愉快极了。问起来，类似这种冒着风雪有目的的、如长征般的登山，基本上都是初次呢，不经意间又弥补了人生的某些缺撼。

　　快到达山顶时，风愈发猛烈，温度也降得很快，呼出的气体瞬间便成了白色的烟雾。再看眼前的景象，一个个全惊呆了。云天相接，分不清哪是云哪是雾，空气仿佛凝固了一般。四周无论花草还是树木，一簇簇，一串串，一枝枝，蓬蓬松松，均挂满了洁白晶莹的冰霜，似盛开着毛绒绒的白菊花，原本普通的树木，转眼变成了纯洁无暇的玉树琼枝。目光所及之处，步步是景，点点如画，耀眼华丽，气势壮观，煞是迷人。谓之慑人的美，丝毫没有夸张，让人忘了身在何处，想起冰城哈尔滨的雾凇景观，也不过如此罢。方城的周书记不禁感慨："真没想到真卿故里还有如此胜景！"是呵，这种雾凇奇景，想必是一种自然现象，聚散不过几个小时，随着温度回升也就消失了。而我们此行恰好撞见了，不早也不晚，该是何等的缘分！

在山顶上尽情地欣赏、拍照、录相、记录，忘却了严寒和一路的劳累，感觉格外清爽兴奋。带路的老乡给我们介绍了大顶山的来历，讲了些典故及传说，由于时间关系，没有去他提到的几处景点。

下山的时候，雪忽然停了，天空渐趋明朗。我们踏着厚实的积雪，沿着稍平坦的山坡，从另一面环山回返。下山明显轻松多了，不再觉得寒冷，可以大胆地在雪山上滑几下，且有闲情聊天赏景。虽然此行经历了四个小时的辛苦，但是收获多多，快乐多多，更重要的整个过程中那些难得的体验，诸如探索，诸如团结，诸如信念，实在无法言传，足以铭记若干年，抑或一生。

2008.1.12

# 一程山水一程歌

  有人说，"人生是一场无止境的漂泊"，不管身在漂，还是心在漂。此刻随意敲下这些文字或者感受，一是再次回味一程山水一程歌的意趣，二是祝福每一位漂泊的人，都能在繁华喧闹的背后，觅到一份栖息心灵的角落，静静地享受生命，以及自然的愉悦。

## 一

  轻轻地抬头仰望，算是天高云淡吧，在偏北方的一座小城的上空。阳光灿烂但不灼热，神清气爽的，毕竟入秋半月了。

  下午二点，我们十几号人在办公楼前汇合。由旅行社的车送到徐州，再转乘至汉口的火车。期间曾给某同学短信，说起徐州有几位知名网友，说不定就与哪个擦肩或艳遇了呢。

  在徐州的主要街道转了一圈，刻意注视了一下路上的行人，直到晚饭，直到上了火车，也没有想象中的艳遇出现。躺在卧铺车厢里，边琢磨边微笑。

## 二

  深夜是清凉的，半夜里我裹着毛巾被合衣而眠。蒙眬中车窗外有连绵的小山起伏，两旁的树木在微风中轻舞，一轮圆月睡在天际。凌晨五点多钟到达湖北汉口，天已大亮。司机刘师傅及导游小陶早已等在出站口。

张家界景区位于湖南省西北部，近黄昏时我们的车子才驶入张家界境内。刚进入此地，抬眼便可见独特的砂岩峰林、郁郁葱葱的植被以及清澈的山涧溪流，无限风光皆美在自然。

张家界的核心景区是武陵源风景名胜区，景区内景点很多，由于时间关系，我们首先游览了黄龙洞。

黄龙洞是整个亚洲地区岩溶地貌的缩影。如果你没有看过别的溶洞，来黄龙洞一看便足矣。该洞现已探明的洞底面积约10万平方米，全长7600多米，垂直高度140米，分两层水洞两层旱洞，里面可容纳上万人。

山中有洞，洞中有山，流水、瀑布、暗河、厅池，无奇不有，无所不包。钟乳石峰，盘根错节，山重水复，峰回路转。真可谓"洞中乾坤大，地下别有天"。

洞中的标志性景点之一，是一根中间细两端略粗的石笋柱子，高达19.2米，取名"定海神针"。那不凡的气势，那神话般的奇迹，令游人叹为观止。

走得稍有些累的时候，忽发现有一条暗河挡在面前，此河名叫响水河，乘小船过河进入便是洞中一段必经之处。坐在船上，伴着哗哗的水声，尽情欣赏两岸的奇景，静享这梦幻般的情调，顺便歇息一会，被尘世缠裹的心便慢慢开解了，只想任心一直漂流下去……

<h1 style="text-align:center">三</h1>

之后重点在张家界游览了两天。包括天子山自然保护区，贺龙公园，十里画廊，宝峰湖，金鞭溪，黄石寨等。

门票是通票，票价比较贵，248元。票的制作也比较先进，是指纹验证的。

先去的天子山。我们坐缆车上下的。在连绵不绝的奇山异峰中，穿云破雾，好惊险啊！以至同行的某位恐高的同事，挤在两人中间，吓得不敢抬头。

站在山巅环视四周，哇，好一片挺拔独特的峰林！棱角分明，如刀劈斧削一般；神情姿态，似在诉说着千年万年的故事。山顶的景点很多，有田螺戏水、金龟衔日、莲花盛开、天桥横空、采药老人、玉女梳妆、情人幽会、夫妻相拥等等。最经典的景致当数御笔峰、仙女散花了。关于御笔峰，有这样一个美丽的传说，相传向王天子曾提此"笔"批阅公文，靠右的石峰像倒插的御笔，靠左的石峰似搁笔的江山，御笔峰前的圆柱形石峰就是御书台，台上还刻有一幅遒劲有力的对联。仔细欣赏，真乃天上飞来之石，太神奇了。放眼望去，茫茫如海，又多了一分神秘感。

从不同角度去审视张家界，都给人焕然一新的感受。自天子山上下来后，坐电车游览十里画廊，步步是景，张家界风光尽收眼前，此刻才真正体味出"横看成岭侧成峰，远近高低各不同"的内涵。黄石寨的最高处是"六奇阁"，特指山奇、水奇、石奇、云奇、动物奇、植物奇，足以概括张家界与众不同的一面。从六奇阁居高临下观看张家界，则又是另一番模样。

"云梯百丈上天台，高峡平湖一鉴开。"美丽的宝峰湖，便被拥在群山环绕之中。四周青山，一泓碧水，清新柔婉，如诗如画。山因水活，水因山秀，碧水染得群山绿，人面桃花映水红。真是人间好去处。难怪江苏才女苏叶会深情地留下了如此诗句："相去千万里，心随月色归。来生甘作石，嫁与索溪水。"

第二天一大早走金鞭溪。沿着金鞭溪又是另一番景致。金鞭溪景区内，除了轿子，没有其他交通工具，我们只好步行走过这段 7.5 公里的路程。如果你不是对她期望过高的话，留心观察还是会发现许多动人小景的。绿树堆烟，流水琴弦，芳阶曲径……令人心醉其间。

走累了，还可以坐在溪边石头上休息一会。听着金鞭溪叮叮咚咚，不徐不疾，轻轻流淌在绿草的呵护里，一路清唱细语，忍不住心生柔情。伸出双手，友好地触摸这透彻的清凉世界，那些细碎的快乐，慢慢聚集在生命里势如潮水。于是，便有些飘飘欲仙的感觉了。

怪不得，歌手李娜要出家躲在这方山水里安享生命。如果遇不到自己所爱的人，那么今生遇到自己所钟爱的山水也是缘分了。这么空灵的山水亦是有生命的，一定赋予情感更深层的含义吧。佛说："遇到自己的所爱，千万不要错过，因为她或是他都已经等了你一千年……"

## 四

长沙，对我来说，多年来仅仅是一个名字，凭外来的印象而虚幻地存在于大脑中。知道湘江碧透、霜叶红于二月花，了解橘子洲、爱晚亭的一些典故，听说过名惊中外的马王堆汉墓，当然这一切粗浅的印象不过来自艺术的影子和新闻媒体罢了。

　　进入长沙，首先映入眼帘的是那一排排翠绿如海的香樟树。曾经在电视剧《香樟树》里看过，生活中却是第一次见，一见如故，满心欢喜。香樟树是长沙的市树，也是江南"四大名木"之一。在民间，人们常把香樟树看成是景观树、风水树，寓意驱邪纳福。茂盛翠绿的树冠由密密麻麻的细小叶片组成，

游记

笔直的树干赋予了它亭亭玉立的丰姿，秋天里，圆溜溜的小果子缀满其间，像一颗颗美丽的黑珍珠。城市和街道在香樟树的簇拥下，彰显着中国式的细腻、精致和温馨。

我们乘车从长沙市区由东向西行驶，跨过湘江大桥，从著名景点橘子洲旁悠悠而过。因橘子洲正在重新建设中，我们无法涉足，只好放弃了这个景点，透过车窗远远看了一下它的大概风貌。之后便看到了名副其实的"千年学府"岳麓书院。这是我国古代四大书院之一，坐落在岳麓山清风峡口，前临湘江，依山而建，三面环山，风景秀丽。

穿过那条最繁华的双向八车道的大马路——五一大道，细细解读长沙。整个长沙市的城市规划布局，可以用八个字来概括，即：东斜西读南帝北丐。东斜指湘江以东是个有政策倾斜的经济开发区；西读指长沙西部高校多，集聚了省内几乎所有的重点大学，国防科技大学等高校亦坐落于此；南帝指南部多为繁华的商业区，休闲娱乐集中地，此处人们过着帝王一般的生活；而北部相对来说商业欠发达，打工者居多，谓之北丐。

长沙市的标志性建筑之一，是火车站的站顶设施——火炬塔（也有人叫它红辣椒）。建造者原本是想塑一火炬形象，突出"星星之火，可以燎原"的主旨。可建成之后，人们发现它并不像火炬，倒像一只朝天红辣椒。效果与主旨大相异趣，反倒体现了一种象征。在我看来，它既可是火炬，亦可是辣椒，还可以是其他。艺术本应存在于似与不似之间，其蕴含的主题也应当有一个联想的空间。

## 五

　　晨起时，难得落了一阵小雨点，但是转眼就晴了。我喜欢这样的天气。

　　五个小时之后，武汉便不容分说地呈现在我们眼前。秋日的阳光在武汉分外炽热，让人怀疑季节在这儿出了点差错。当然这并不影响我们亲近武汉的心情，就看作是这个城市给行人送上的热情招呼吧。

　　"黄鹤楼中吹玉笛，江城五月落梅花"是李白留下的诗句。江，可谓武汉的魂，不然怎么会称作"江城"呢？武汉大得令人眼花缭乱，是江水，将武汉清清楚楚地一分为三：长江以北为汉口，长江以南为武昌，汉水以南为汉阳。武汉大得令人有点心慌，据说武昌和汉口相距100公里，那句民间名谣"紧赶慢赶，三天走不出武汉"也足以说明武汉之大，又是因长江、汉水的环绕而并不疏离。

　　以"爽气西来，云雾扫开天地撼；大江东去，波涛洗净古今愁"来形容武汉的神韵之一处，那是古人的经典之作。在我眼里，武汉是一个历史悠久、人文荟萃，市井文化与江湖文化并重的城市。当我越过风尘仆仆的历史，与今日的武汉对视，那些古老的或现代的故事便在路边树木的摇曳中纷纷复活。是唐代诗人崔颢"昔人已乘黄鹤去，此地空余黄鹤楼。黄鹤一去不复返，白云千载空悠悠。晴川历历汉阳树，芳草萋萋鹦鹉洲。日暮乡关何处是？烟波江上使人愁"的不朽佳作；是高山流水、琴台知音的千古佳话；是木兰替父从军、巾帼不让须眉的精神；是池莉的《生活秀》、是方方的《风景》……

当然这一切的背景，都不过是那片历尽沧桑的江水。岁月悠悠，流年变换，曾经的繁华以及衰落皆如过眼烟云，唯有桥下的江水，见证着武汉的过去与未来。

到武汉去，别忘了品一品正宗的武昌鱼，或清蒸或红烧或花酿或杨梅等；尝一尝精武路的鸭脖子，蔡林记的热干面，老通城的豆皮还有那丰富多变的煨汤，都会令你回味悠长。不妨登上著名的黄鹤楼极目远眺，望长江滚滚而来，三区风光尽收眼底；或者走在万里长江第一桥上，捕捉滔滔江水赋予的激情与灵感；也可漫步于街头巷尾，在足声纷沓中寻觅池莉、方方生活的气息……

# 六

天色迟暮时分离开，黄昏相送。

再次经过那条著名的武汉长江大桥。桥上汽车飞驰，桥下火车鸣叫，夕阳西下，江披霞衣，树叶在微风中细数光阴，城市在漂泊的视线里渐行渐远……

来是初秋，去时秋将深。长亭道，一样芳草，一样歌谣，归时更觉美好。

琐碎的文字，美丽的心情。当美丽在心中绽开，安安静静地走在明天里，收获的快乐便多些。也许有些风景今生注定无法触碰，但奔赴的途中，已是风光无限。

2005.10.11

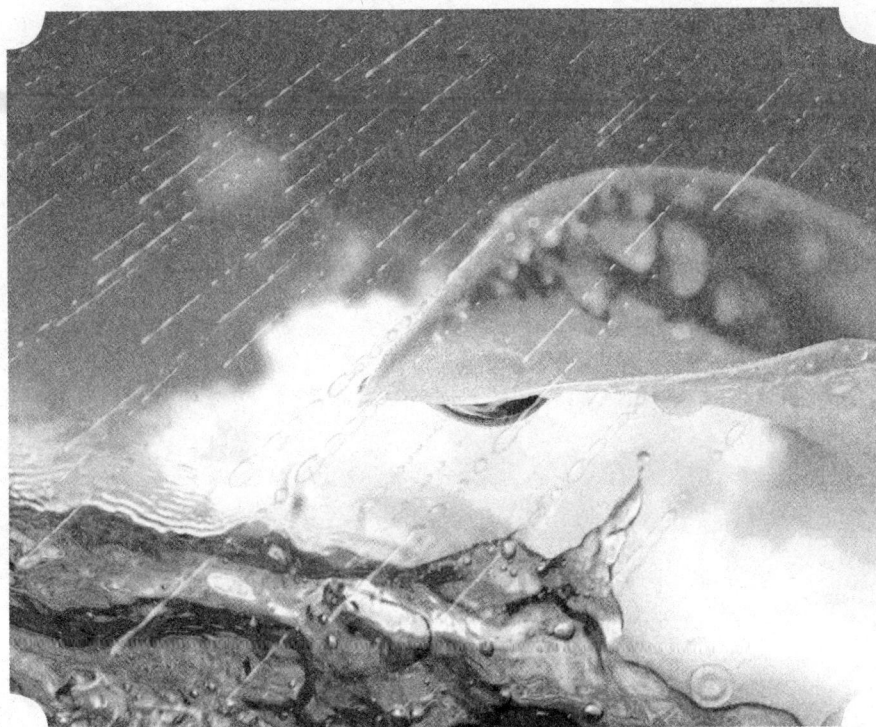

感悟

GANWU

# 感受摄影

  如果说写诗是情感的流露，绘画是一份意境的表达，那么摄影不仅是一种真实的记录方式，还是一种将瞬间变成永恒的魔法。

  相对于专业摄影者来说，我是个外行，即使简单的后期制作，也不能令我随心所欲。色差或大或小，饱和度或高或低，总是摸索不准确哪是最恰当的调整。即便有着这样的遗憾，也阻止不了我对摄影的喜爱。在摄影的世界里，尽情挥洒着自己的激情，捕捉着属于我的那一幅幅作品。

  喜欢背着相机，穿行在变幻的四季里，捕捉早晨的第一缕曙光，捕捉黄昏的那一抹晚霞，捕捉春华秋实夏雨冬雪，捕捉风光、生物以及人文，捕捉每一个让我感动的瞬间。常常因为一幅简单的摄影图片而感动，因它而生出些许想象，编织着一个又一个美丽的童话故事，讲给自己听，泪流满面。因图片或景色清丽或主题鲜明或震撼人心，而任思绪天马行空。

197

一幅好照片，总是让人百看不厌，留在记忆深处，不易忘却。

前些日子，在塔山林场参加拓展训练，看见一位白发苍苍的沂蒙老母亲走过来，捡拾地上扔弃的纯净水空瓶。师兄建辉迅速举起相机，将这位沂蒙老母亲定格在他的镜头里。老人家历经生活的沧桑，自食其力的坚强，面部的祥和，心态的从容，一一呈现在眼前，没有刻意的喧染，带给我们的是另一种情感体验，朴实而又真实，深深地触动着心灵深处。

人生至少要有一种与功利无关的爱好。爱上摄影，对我来说是最有意趣的选择。热爱摄影，感受摄影，释解摄影，在某种程度上就是热爱生活，感受生活，释解了生活。因为摄影，生活会更加多彩；因为多彩的生活，摄影才有了丰盈的主题。

2008.10.11

# 读书的记忆

记不清我是什么时候开始识字的。

记忆中，很小的时候我就开始看书了，或者，只能把那些叫作小人书吧，连环画，电影书（现在的孩子们已经不知道那样的'书'了，就是把电影中的一些镜头，按故事情节印成一本小人书）。而全中国就只有那么几本，我把能买到或借到的，几乎全看烂了。

大概读小学三、四年级时，我开始不满足于只看小人书了。可是那时侯，住在农村，家境又不宽裕，实在没什么书可看，当然周围的人都没有多少书可看。只好自己到处翻找，甚至把哥哥们的课本、作文本也翻出来看，凡是有字的都看。我如饥似渴，只可惜书的来源太少了。同学中如果谁有一本小说，一定会被传遍，并且都盼着快点传到自己手上。

仍然清楚地记得向同学借的第一本书《钢铁是怎么炼成的》，这在当时是一本很热门的小说，也是老师推荐的。书中精彩的世界，让我如醉如痴。常常躲在门后看书，怕母亲喊我去帮她一会拿盐一会端饭的。晚上很晚了还兴奋不减地挑灯夜战，恨不得一气看完，直到母亲一遍遍地催促。甚至，上课时也忍不住偷偷翻几页，迅速捕捉那章章回回带给我的震撼，渴望着当一个像主人公保尔一样坚强的英雄，当然也常常梦想着能过上像冬尼亚一样的小资生活。

从此，我的阅读热情一发而不可收。先后向同学借来《红岩》《青春之歌》《金珠和银豆》，看过一遍还想翻一遍，有时甚至把一本书翻看得残旧不堪、没头没尾的，可是这丝毫不影响读书带给我的乐趣。江姐的英勇就义，让我泪流满面；林道静曲折的革命道路和生活道路，让我感慨唏嘘；金珠和银豆的勇敢和机智，让我暗暗叹服。那么多的故事，几乎让我扮演了所有的角色。借书读的日子，伴随着我一天天成长起来，并且通过读书，无意中就学到好多生活中不容易提炼的东西。

直到今天，自己拥有的书越来越多，书房也越来越宽敞。

然而，总忘不了过去有关读书的记忆。在那样的年代里，要看一本书真的很困难，会想尽一切办法，以满足阅读的乐趣。也许真的是"书非借而不能读"，那个年代在借书阅读中给我们带来的欢愉，绝不会比今天坐在宽敞舒适的自家的书房里阅读来得少。

2001.5.18

# 池莉印象

　　我作为众多"池迷"中的一位，看到池莉在2002年度中华文学人物评选中，获"人气最旺的作家"之殊荣，并且最近又有新作出版，由衷地为她高兴。

　　池莉首先是聪明的。同样是写芸芸众生，为了不使自己的作品流于浅俗，其在驾驭作品题材和人物上既挥洒自如又手段独到，以她对生活乃至生命的思索，以她历练的手笔，把住了生活的脉搏，点重了时代的穴位。在赋予作品现实意义的同时，亦经得起时间的咀嚼。比如处女作《月儿好》一发表即被《小说选刊》及国内多种文学选本选载，并被译成英、法、日等文字介绍到国外，文字如清风明月，那种传统的、乡土的、质朴的美，直击人心。

　　池莉又是可爱的。她温情而不矫情。她喜旅游、爱整洁、善烹饪，池莉的女儿亦池说，"妈妈最擅长的不是写作而是做菜。"同时她还养了许多动物和花草，可以让小狗皮皮睡在她的腿上打鼾，她说："什么东西到了我这里都能茁壮成长。20年前的一盆兰草，现在都长成了大树。"她洒脱而率真。喜欢喝酒，就大加赞美酒而不喝饮料；喜欢足球，世界杯期间就不分昼夜地看球。爱就爱个透彻，恨也恨个分明。

　　池莉是极有天赋的。滔滔江水滋养了她的灵秀，江汉平原赐给她无穷的创作激情，她对文字有着与生俱来的热爱，对世态万象洞若观火，对生活异常敏感，视力所及皆可以纳入作

感
悟

201

品素材，才思如泉涌，致使她在文学领域高产丰收，被戏称为"文学暴发户"。至今为止，池莉已出版了近百部作品，写作被她看成是自己的一种生命状态，并且这种状态一直感觉良好。

　　池莉是相当成功的。虽说现代人越来越心气浮躁，真正吸引眼球的小说也不多。然而池莉的作品为什么就畅销不衰？池莉的人气为什么就遥遥领先呢？甚至武汉某报搞的一次民意调查中，问起近20年来人们最熟悉的20个词汇，"池莉"竟与"下岗""麦当劳"等一样为人们所熟知。窃以为，关键在于池莉的小说写得很好看，读起来不累人，能抓住读者的心。

记得初见池莉的书，不读则已，一读就欲罢不能。从作品可见，她的心态是朴实平和的，没有故弄玄虚的情节，没有晦涩难懂的话语，小说多取材于日常生活，人物事件均笼罩着一层生活原色，华丽的少，质朴的多，刻意揭示生活的平庸，拒绝不切实际的精神幻想，极力再现生活的本真状态。这大概就是她的成功之处。正如池莉所说："没有一个作家不是在为读者写作。不要那么虚荣，不要用读者看不懂来掩饰自己写作上的困窘！真正的好作品永远抓得住读者。"

　　池莉是清醒而理智的。她认为人生幸福体现在第三种境界：看山还是山，看水还是水。她痴迷于写作，对功名利禄一向淡泊超然。池莉说"做人要修身养性，宠辱不惊"，她选择写作是因为热爱，就像爱情一样没有理由，中国文学界的任何一次热潮都是激动不了她的。她说："我的小说是为自己而写。为了获得写作过程的愉快，为了在喧闹的城市里悄然潜行，为了观赏众生命之美，为了使语言能发出音乐之节奏……"面对评论界的各种言论，池莉宽容而理解："人活着，谁不想对世界喊一嗓子呢？"而在《青年文学》封面上，池莉的话简短且耐人寻味："面对这个世界，除了微笑，我无话可说。"

池莉是不断创新的。她已成功地塑造过许多血肉丰满、性格各异的普通或白领女人，又开始构思写男人。对于表现男人，她有独到的见解："用笔可以疏朗、冷峻、简洁、幽默，就像剪裁一件冷色调的男式长袍。"最新小说评论《创作，从生命中来》，真实记录了她的创作点滴。我们可以沿着她的创作心路历程，为她那一触即发的灵感而激动，从而读出她的新思想、新风格。

"世事洞明皆学问，人情练达即文章"。池莉就是这样一个不简单的女人，是一个不简单的女作家。

2003.1.27

感
悟

# 也说电影

　　看到隔壁苏三那个小资成天除了听音乐会就是看电影，然后在论坛上敲打着一篇篇与电影有关的悠闲的贴子，煞是羡慕其轻松的生活方式和散漫的生活态度。最近又见其索性去了《影视批评》做起了"主持人"，心下直犯嘀咕，电影果真就对她有那么大的吸引力？前几天终于有空闲，专门找了几部老片子看了看，俺也在这里随便说上几句与电影有关的事儿。

　　记得小时候，曾看过不少电影，但是清晰地记起的却不多。象《小街》《小城之春》《八千里路云和月》等老片，只所以能深深地刻在记忆里，当初是一点也不懂得欣赏电影的艺术性和思想性，只是觉得拍得好看，故事情节真实感人，还有

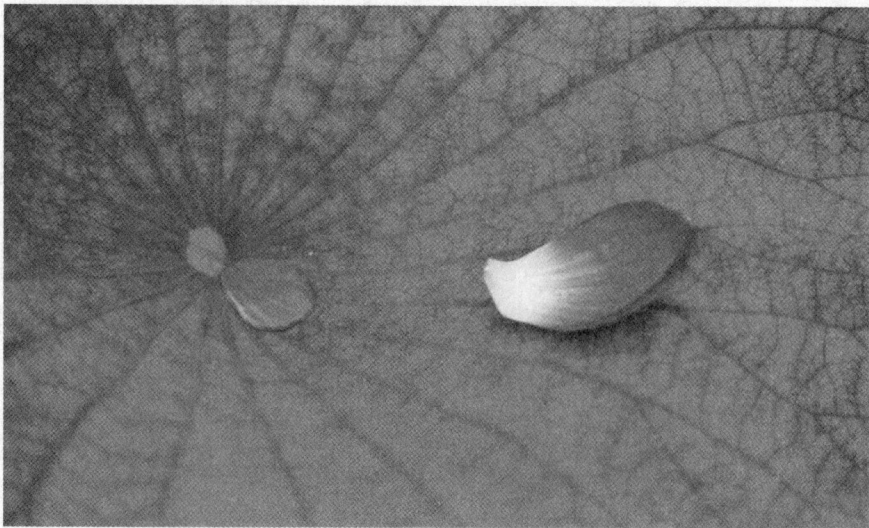

男女主角也很可爱。直到今天，我坐在家里重新回放这些新翻版的老片子，依然能够深深地喜爱。我想，主要是因为这样的电影真实地反映了中国当时的现状，用现在的话说，它们富有中国特色。

中国的电影，具备中国特色，就可称得上是有品位的电影，尽管电影的艺术表现形式是在不断变化的。但是任何艺术都一样，无论它的表现如何神奇，归根结底来源于思想和生活。因此，人们在理解和领悟艺术时，总是要在最基础的层次上发生反应。比如《红高粱》《黄土地》这样优秀的电影，人物当然是典型的中国人，性格思想都充满中国的文化特色，同时在技巧和手法上又运用了画面语言，以强烈的色彩对比来表达内心的情感，激情澎湃，情感张扬，从而造就了一批有国际影响力的好电影。

而目前，中国每年要生产大概150多部电影，但是真正好看的电影却不多，并且票房收入多数亏损。为何？

也许很多同志都看过《白棉花》和《那时花开》这两部"名导"导出的电影，但是叫好的人却不多，这是否该引起"名导们"的反思呢？《白棉花》本来是部不错的小说，但是在电影里，人物塑造得呆板沉闷，又以片中大量的激情戏作为卖点，广泛宣传。此时导演忽视了一个重要的问题："真正可看的东西并不在于物质表面，只有深入人们的精神世界，才能感动人心。"而《那时花开》这部电影，整个是典型的意象派诗人作风，导演未免太自我了。大家都知道高导是诗人，可是诗和电影毕竟不是一回事，然而你却把大堆的意象放进片子里让观众看得一头雾水，你居心何在？高导算是名人，导过几部名片，至于经验嘛，肯定是大大地，所以他自有一番说辞应对观众的责备。当然，观众层次多，至于不懂完全可以理解，不懂不是观众的过错，更不是导演的罪过，总是有太多的原因造成这种沟通上的障碍。可是，电影毕竟是面对观众的，如果辛辛苦苦导出的一部片子只能让很少的高层知

感悟

识分子看明白，那么，拍这样的电影还有什么意义？

更多的电影，纯粹是消磨时光，既不能给人美的享受，更擦不出思想上的火花。所以，不说也罢。

随着数字化的发展，成倍的好莱坞电影通过网络涌向中国市场，面对大批的国外电影，我们电影人应该如何在市场中立于不败之地？依愚之拙见，乱侃三点：

一是只有民族的才是世界的。这是一个大前提，大方向，在任何时候都不是一句废话。我们中国地大物博，人口众多，拥有五千年的文化积淀，我们的文化、历史、空间、人物是全世界最丰富的，我们有取之不尽、用之不竭的资源，我们能拿得出同世界各国竞争的资本。既如此，何必守着万贯家财而去刻意模仿别人的东西？

二是保持文化自我，树立品位意识。我们的电影人不能也没有理由再浮躁下去了，不要再刻意地追求观众的口味而在片名上、内容上渲染一些不健康的东西，静下心来，还是从挖掘人文上下功夫，从精心制作上下功夫，要么你突出你的艺术性，要么你突出你的思想性。因为崇高的艺术所带给人的美的享受是不分国界的，同样，崇高的思想也可以超越国界直达人心。

三是弘扬民族文化，振兴电影事业。这里的"弘扬"应延伸为发展、创新。没有创新，何谈发展、进步？电影的出路何在？足见发展、创新是电影的生命，只有把住命脉，才能走出低谷。"振兴"的路还很长，且曲折崎岖。我们要对电影抱有信心，齐心协力，走出误区，必将是个艳阳天。

广大的爱好电影的同仁们，让我们拭目以待，展望未来，入世后的中国电影，既有挑战更是机遇，如果中国电影能将民族特色同发展创新紧密结合，再加上良好的机遇，中国电影的艺术魅力一定会打动世界！

2002.9.2

# 想起杨丽萍

　　"不见"杨丽萍已多年，昨日在论坛见有人谈起芭蕾舞，猛烈间想起了心中那个美丽的孔雀公主杨丽萍，尽管她与芭蕾无关。

　　曾有一段时期，我如偶像般地迷上杨丽萍。她美丽脱俗自然质朴，她风姿绰约神情迷离，她用心灵而舞为生命而舞，她是一颗耀眼的舞蹈之星。她突出的作品有《雀之灵》《月光》《两棵树》《雨丝》等，我认为给观众留下印象最深刻的，当属她的孔雀舞。尽管后来有很多人在跳孔雀舞，甚至还有个叫杨平的舞者能够以假乱真，然而任何人也是无法替代她的，杨丽萍，她已成为我们心中永远的孔雀公主。

　　喜欢杨丽萍，不仅喜欢她的舞台形象，还对她投入了一些世俗的关注。以前曾收集过有关杨的许多剧照及报道，甚至看到书摊上印着杨头像的卡片也会毫不犹豫地买下。了解她出生于最困难的 1958 年，她的童年一直生活在西南边远山区的一个乡村里，牧过牛、放过马、采过蘑菇，十三岁时入了西双版纳歌舞团，三十岁时才正式调入中央民族歌舞团，成名作就是她自编自演的《雀之灵》。自 1988 年春节联欢会后，她的名字几乎家喻户晓。像她这样著名的舞蹈家，也许多数人会认为与父母的熏陶及家庭的培养有关，但杨丽萍的父母却是普通的农民，没有文化，杨丽萍的文化程度也不高，且未进过舞蹈学校。对她来说比较得天独厚的条件就是，她的家乡人

感悟

207

都把舞蹈当作生活的一部分，可以随时在家里、树林里、小河旁，为自己而舞。她师于自然，取材于自然，表现的还是自然。杨丽萍对舞蹈艺术特别有灵感，她说那是一种与生俱来的感觉，她喜欢用舞蹈来表现对大自然的崇尚与热爱。杨小的时候非常热衷于舞蹈，曾跑到邻村去跳舞，被小伙伴告密，回家后父亲用玉米秆教训她。想起童年时代，她仍然难抑情绪激动。童年的记忆，成为她创作的源泉。

杨丽萍的多数舞蹈都带有傣族风格，甚至她在北京的住宅也具有傣族建筑风格，但她却是一个地道的白族人，父母依然生活在美丽的云南大理。不知在那个美丽、自然、神秘但又相对原始的地方，是否还有象杨一样天赋极好的舞者未被发现？

杨处世低调、来去无踪，她像月亮一般美丽、高洁、遥远，像梦一样迷人。她与世无争，淡泊名利，面对人们对她的高度评价，她说她只不过是沧海里的一滴水。她依然喜欢那种淳朴的田园生活，她喜欢种地、种菜、养花、栽树，她说即便放弃舞蹈事业再回去当农民也没什么不好。她顺其自然，随遇而安，只要给自己一个空间，就永远不会为俗务所困。她的心态平和，处之泰然，能包容一切，除了所受的教养，就是后天的塑造，所以才让她永葆魅力。

我现在很少看电视，在最新拍摄的《射雕英雄传》里，听说温柔善良的杨丽萍竟然同张牙舞爪的梅超风联系起来，我甚至怀疑其饰演角色的性格与她本人反差如此强烈能否得到观众认可，但是据反应杨丽萍以超凡的肢体语言给人很多惊喜之处，且"杨版本"的梅超风邪中带美，更趋金庸作品。

杨丽萍作为我曾经的一个偶像，恒久地留在了我的记忆里。关于她的近况，除了《射雕》，我一概不知，她现在还好吗？在这静寂的冬日夜晚，想起她，不由得想为她祝福，希望她的一切皆如那个孔雀公主的心灵一样美丽。

2002.12.27

# 有一种爱情叫相濡以沫

　　前些日子，爱泡韩剧的江苏某妞忽然转变作风，泡起了一部国产剧，天天沉浸其中，看到动人处，还不忘一把鼻涕一把泪地诉说着、感慨着，并极力推荐给我。百度了一下，《金婚》，片长50集，主演张国立、蒋雯丽都是我喜欢的实力派演员。于是，我也找机会投入进去，随着情节的深入，越看越吸引人、越感动，随后利用一切可以利用的时间，迅速完整地观看了一遍。

　　该剧以男女主角50年的婚姻生活史为主题，编年体的形式，一集讲述一年的婚姻经历，逐年展开。女主角爱看苏联小说，对爱情和婚姻充满浪漫幻想，典型的小资情调；而男主角是工人阶级，为人实在，做事认真，性格风趣幽默，生活不拘小节。就是这样两个貌似不合适的人，在热火朝天的20世纪50年代里相识、相爱了，并

感悟

且爱得轰轰烈烈、不顾一切，如同所有热恋的人们一样，他们走进了婚姻。

婚姻毕竟是具体的、琐碎的，是柴米油盐，是鸡毛蒜皮，是亲人的牵绊，是酸甜苦辣的日子。相爱的人在这样的日子里呆久了，感觉自然会钝化，最初的激情也终究会趋于平淡。再加上他们正好经历了中国变化最巨大的几十年，婚姻生活伴着时代节奏一起曲曲折折，性格的差异和生活习惯的不同，时不时地暴露出来，致使这对夫妻几乎争吵了一辈子。

同在一个屋檐下，共同面对风霜雨雪，共同承受苦涩和酸楚，争吵便成了生活的调味剂。当两个人被粗糙的生活所打磨，激情也随之转化成了依依亲情，彼此渐渐成为对方的一部分，看似像左手和右手，摸起来找不到感觉，可真要伤害其中一只，却又痛到骨子里。

片尾，看到男女主角举办完金婚典礼，打发走了儿女们，老夫老妻在风雪中互相搀扶着回家，并许诺着谁也不能自私地把对方孤独的抛在这个世界上。那一刻，让我怦然心动，泪眼蒙眬……

所以，有一种爱情叫相濡以沫。不管世事如何变幻，不管路途多么艰难，他们都会穿越生活的尘烟彼此相望，并且一路风雨相携而行。

2007.10.11

# 指间流淌的爱与梦

夜里，拉上所有的窗帘，把一张新买的《钢琴课》放进影碟机。我一直在期待着拥有这样一个时刻，期待着独自一人静静地聆听一个叫艾达的哑女的世界。

伴着悠扬的乐曲，由一双遮住视线的手拉开故事的序幕。谁也不知道是什么原因，艾达从六岁开始弹琴，也就是从那时起再不能说话，她从此走进一个沉默的世界，当然她自己不认为她是沉默的，因为她有钢琴。她可以通过指尖下碰触的琴键，倾泻出她的梦想她的爱，她内心丰富的情感。

当她带着她的钢琴远嫁到新西兰的一座小岛上时，她的丈夫斯图尔特却以种种理由将钢琴孤独地留在了海滩。艾达目睹着心爱的钢琴一点点远离自己，心中如波涛汹涌，但神情却如天使般美丽宁静，亦如雕塑般苍白冰冷。天空及大海被涂抹成一种浑浊的色调，钢琴在海边如泣如诉地咏叹，让人为之动容。然而那个自以为文明周到的男人，却忽视了艾达对钢琴的感受，这无疑使他永远也不可能走进艾达的世界。

艾达视钢琴如生命。当天空飘落大雨时，她不顾一切地冲向窗口，想象着相依为命的钢琴被风雨摧残

的样子，如同寂寞飘零的自己，心便无声地缀泣。唯美的音乐再次响起，似雨滴坠落的声音，伴随着撕裂般的心跳，碎成片片绝望，一切恍如隔世。没有人能懂得艾达内心的渴望，所以当她以桌子作钢琴而弹时，会被斯图尔特认为脑子有问题。

这是一个让人爱怜的女人。影片虽然对白不多，但是视觉、听觉上的表意功能却是言简意赅的。她以生动的手语和丰富的神情诉说着自己，她的内心拥有着音乐般的纯净，同时又固守着一份拒绝外界的冰冷。只有钢琴，才能让她的眼神放射出温暖而喜悦的光芒；只有音乐，才能给她安慰和意义。

为了日思夜想的钢琴，艾达决定让那个叫贝恩斯的不识字的粗人带她去海滩。当他们穿过大片沼泽地艰险跋涉到钢琴旁时，当艾达的手指接触琴键的一刹那，她整个的人马上灵动起来。一曲 *The Heart Asks Pleasure First*（心灵渴望欢乐），让人如痴如醉。原来她的内心有着如此热烈的情感，原来她的生命有着如此深刻的体验！音乐是不分国界的，音乐是可以直达人的心灵的，既便是那个没文化的粗人，此刻也被触动了。于是，贝恩斯理解了钢琴之于艾达意味着什么；于是，他愿意拿出八十亩优质土地去换那架被扔在海滩上的钢琴；于是，艾达开始了专为贝恩斯而开设的钢琴课……

有了音乐的渲染，一切都是那么自然，那么顺理成章。不得不承认，音乐这种有着巨大的想象空间的艺术形式，在烘托电影的气氛上有着无法抗拒的魅力。

在贝恩斯家的钢琴课上，没有对话，只有琴声。艾达神情时而专注时而迷离，音符在纤纤十指上行走，有时激昂，有时舒缓，一首首浸透着梦想与爱情的曲子便随着手指的舞动而尽情流淌，美妙的音乐穿透了静寂的空气，也穿透了一个人——那个盯着她的背影从她的琴声中解读她的人，在一点点地融入她的生命。从拒绝到吻合，艾达终于义无反顾地接受了一个自然、直接而又炽热的男人的爱情。

有一种执着总会令人感动。谁都知道，手指对于一位视钢琴如生命的人象征着什么。可艾达宁愿被砍去手指，也不能放弃爱情。这是一个惨无人道的情节，当暴怒的丈夫因艾达的背叛而凶狠地砍去她的手指时，没有哭喊没有屈服没有惨叫，鲜血染红了艾达的白裙，她依然神情冷漠目光坚定，平静的画面上飘荡着琴声，我想这一定是在歌唱爱情。

上帝宠爱不会说话的生灵。钢琴牵线，通过艾达指间真诚的倾诉，终于成就了一份真爱。善哉，让我为艾达这样一个非凡的生命而喝彩！

2003.7.27

感
悟

# 给孩子一个和谐的成长环境

有人曾经说过这样一句话："在所有的辞典中，'孩子'这个词应当是我们心中最柔弱，最挚爱的词语。"

我们爱孩子，呵护孩子，教育孩子，所有爱的形式无非要奔向同一目标——为把孩子培养成一个健康、聪明、正直、快乐、豁达的人而努力。而事实是，孩子们的成长环境看似越来越优越，但是成长的烦恼却没有减少，是谁在制造着某种不和谐的成分？你给孩子一个和谐的成长环境了吗？

提起我们的小学教育，就想起那些课堂上背着双手坐得笔直的孩子们，想起那些繁重的功课、堆积如山的作业、各种各样的考试。课堂教学基本上遵守着"四部曲"：首先是"赶鸭子"；其次是"填鸭子"；到期终"考鸭子"，最后学生都变成了"板鸭子"……

我们家正上小学的儿子，书包就很沉得，作业也很多，基本上放学后就回家，然后不停地写作业写到九点。因为作业，我不得不限制他看动画片、读闲书、同小伙伴玩。不限制的前提是，在规定时间完成作业。可是每次做完作业就该睡觉了，哪里还有属于自己的时间？看孩子每晚在台灯下度过，其实我是不忍的，我是非常痛恨老师给留那么多作业的。完不成作业要罚站，到校晚了要罚站，孩子们只有被动接受，心理上却承受着压抑与束缚。多少年都是这样过来的，多少代人都顺从着这样一种意志，将之视为一种改变命运的出路。

同时，竞争日趋激烈的现实，又诱惑着家长们替孩子做出这样那样的选择，有的让孩子在星期天补课，有的在寒暑假里逼着孩子去参加各种特长班。本该天真活泼的童年，却找不到童年的乐趣，整日生活在压力与竞争中，搞得神经紧张，精神疲惫，哪里还有学习的兴致和生活的情趣呢？

再看看美国的小学教育，"虽然他们没有在课堂上给孩子们进行大量的知识灌输，但是他们想方设法把孩子的目光引向校园以外，让孩子知道生活的一切时间和空间都是他们学习的课堂；他们并不让孩子们去死记硬背大量的公式和定理，但是他们会引导孩子们怎样去思考问题，教给孩子们面对陌生领域寻找答案的方法；他们从不用考试把学生分成三六九等，而是尽量去肯定孩子们的一切努力，保护和激励孩子们所有的创造欲望和尝试。"

我们常常喊着以人为本，却又常常忽略着对身边孩子的教育模式。面对未来世界，我们不得不重新审视或纠正一下自身的教育文化。

肖川教授在《文化生态视域中的师生关系》一文中，说："在教室这一文化生态圈中，自由表达和自主探索应该得到充分的体现。让每个学生根据个人的意愿和节奏，选择适合个人兴趣和能力的活动，自由自在地学习和探索。"现在各个学

感悟

校都在努力推进素质教育，要让孩子从繁重的作业中解脱出来，做自己喜欢的事情。小学生的在校时间、课程、课时及家庭作业量等都做出了明确规定。很欣慰地看到儿子的小学目前也在真正减负，基本没有作业，偶尔布置一次也能在半小时内完成，孩子很快乐，家长也感觉轻松多了。其实，现在的孩子最缺乏的不是知识，而是亲情。随着教育的发达与完善，能让孩子们在休闲中体验亲情的可贵，生活的美好，保留活泼可爱的本性，健康地成长着，就够了。

当然，家庭教育也是非常重要的。不同的氛围与环境也会给孩子产生不同的影响，可以用这样一段话总结："指责中长大的孩子，将来容易怨天尤人。恐惧中长大的孩子，将来容易畏首畏尾。嘲讽中长大的孩子，将来容易消极退缩。嫉妒中长大的孩子，将来容易勾心斗角。鼓励中长大的孩子，将来必能充满自信。赞美中长大的孩子，将来必能心存感恩。诚实公平中长大的孩子，将来必能维护正义真理。友善中长大的孩子，将来必能对世界多一分关怀……"给孩子们创建一个健康和谐的成长环境，是我们的责任。

什么时候，孩子们能把学校所规定的作业当作一种礼物来接受；什么时候，家长改问孩子"今天上课有不良表现么？"为"今天你什么课上得最有意思？"，而进行友好的交流；什么时候，家长看着孩子兴致勃勃地做功课，而露出欣慰的笑容；什么时候，孩子与家长之间，能没有隔阂与代沟……那么，和谐社会离我们将不再遥远。

2005.5.15

# 从培养情商开始

前几天接到儿子电话，要我写一篇育子心得，说是老师给布置的任务。我当时想，儿子在学校里学习成绩既不拔尖又不突出，写啥呀。转念又想，我们儿子在这所人才济济的尖子生学校里，爱好广泛，自信乐观，积极向上，人缘极好，既是运动场上的一名健将，又是音乐社团的重要成员，据说还拥有一部分粉丝，忙碌的高一生活过得相当充实而洒脱。仅此，也可以总结一二嘛。比如性格决定命运，情商决定成人、成才等等。作为家长，我认为，家庭教育没有神话，也没有统一的模式，一百个孩子就有一百部家庭教育学。所以在这里，我谈不上什么育子经验，只是梳理一下自己对家庭教育的一点思考和体会吧。

著名教育学家叶圣陶说："什么是教育，教育就是培养一种习惯。"美国心理学家威廉·詹姆士说："播下一个行动，收获一种习惯；播下一种习惯，收获一种性格；播下一种性格，收获一种命运。"习惯也好，性格也好，这都是情商所涵盖的内容。所以我认为，情商比智商更重要，培养孩子的高情商比高智商更容易接近成功。

情商是一个人感受、理解、控制和协调自我情绪、协调与他人关系的综合能力。培养孩子的情商，首先要培养孩子学会感恩、学会分享，这不仅是一种礼仪，更是一种健康的心态，也是一种社会进步、现代文明的体现。中国的父母大都会为

了孩子而不计回报地付出再付出，这种本能可以理解，但是却忘了如何引导孩子去感受父母的付出，培养孩子体会爱的能力。记得毕淑敏在《爱的回音壁》中写道："孩子降生人间，原应一手承接爱的乳汁，一手播洒爱的甘霖，爱是一本收支平衡的账簿。可惜从一开始，成人向孩子倾注了所有爱的储备，把孩子的双手塞得太满，全是收入，没有支出。爱沉淀着，淤积着，从神奇化为腐朽，反而让孩子无法感受到别人的爱……"结果很可能就养成孩子自私、专横、唯我独尊的性格。这样的例子在我们的身边是常见的。父母的这种爱只能算是溺爱，是对孩子不负责任的爱。

为人父母，如果爱孩子，一定让他从力所能及的时候，懂得爱父母和周围的人。这绝非父母的自私，而是为孩子一世着想的远见。不要抱怨孩子天生无爱，爱与被爱是铁杵磨成针的本领，就像走路一样，需反复练习，才会疾步如飞。在家里，要有意识地交给孩子一些任务，锻炼孩子分担责任的能力。比如家长累了、病了，可以向孩子撒撒娇，让孩子去做一些力所能及的事务，让孩子知道自己是家庭中的重要一员，从中学会担当，疼爱家人。也可适当地让孩子参与家庭事务的决策，提出一些问题，引导孩子独立思考，大胆发表自己的见解，让孩子感到家庭的美满幸福，要靠父母和自己的共同参与，进而增强孩子对家庭的责任和维护。总之，我们要给孩子创造许多感受爱的机会，在乎孩子给我们的点点滴滴的爱。孩子精心制作的贺卡，用零花钱买的小礼物，我们一定隆重地接受并珍藏着。这都是孩子稚嫩的爱心，你在乎它，它就会长大；你忽视它，它就会枯萎。学会了爱父母，才会爱老师、爱同学、爱他人。

常怀感恩之心，从而形成良好的人生态度。情商得以培养，渐渐就有了自信、乐观，就可以发挥潜能，调节情绪，与周围的人和环境保持良好的亲近。如此，将来在学校里、社会上，才能更好地与周围人相处与合作。因为将来的社会不仅是竞争的社会，更是合作的社会。

2011.5

感悟

# 在高二家长会上的发言

尊敬的各位老师、家长：

　　大家好！非常高兴能有这样一个机会，和大家共同交流孩子成长的有关话题。作为一名家长，其实我很惭愧，对孩子的教育与各位家长相差甚远。我儿子这次考试成绩并不理想，按说我不该在这里发言，但是我儿子说这是李佩洁同学给的任务，咱得支持孩子。所以今天在这里，我谈不上什么经验，只是把李佩洁同学给的命题，结合自己的一点思考和体会，与大家进行探讨和交流。

## 一、如何与孩子沟通

　　首先，要善于倾听孩子的心声，做孩子的朋友。十六七岁的孩子正处在叛逆期，有时情绪容易冲动，心里经常会有些小疙瘩解不开，我们应该像朋友一样听他倾诉，采取疏导的方法，让孩子把内心的感受和想法说出来。比如，有一次我儿子因为送周加奇同学到医务室看病，并且在医务室里陪着打针耽误了学习，受到了老师的批评。他心里很委屈，认为自己没有做错。我就给他解释，送同学去看病是对的，出门在外，同学之间互相帮助是应该的，但是当你将同学送医务室后，他又没有大问题时不抓紧回来上课，这就不对了。在学校里，你的主要任务就是学习，再说老师辛辛苦苦备好课，你不听也是对老师的不尊重，不能以送同学去看病为由就不上课了。老师批评的是你没有及时回来上课，而不是你送同学去看病这件事。通过疏导，及时解开了他心里的疙瘩，也理解了老师。

其次，要支持孩子的一些决定，只要是靠谱的。今年暑假里，儿子和我商量，他想学吉他，并且主动提出，自己把电脑上的游戏删除，不再玩了，让我给他买个吉他。在高二这个特殊的时间里学习吉他，我还是有很大的顾虑的，毕竟学习吉他会占用很多时间，我考虑再三，还是给他买了，我相信既然他能做到不上网玩游戏，就一定能处理好学习和弹吉他的关系。再说孩子多一项特长也不是坏事，所以我就得支持他。

第三，要尊重孩子，让他参与家庭事务的决策。比如家里有什么重大事项，要购房了，买车了，会客了等等。适当听听孩子的意见，他会更有责任感。你能平等地待他，与他沟通，他遇到事也愿意跟你沟通。

第四，要想与孩子交流愉快，一定得有共同的话题。为什么有的人可以成为自己的知己好友，有的人则不能？因为好友之间必然要有共同语言、共同的兴趣和观点。家长同孩

感悟

子之间也一样。没有共同语言、共同话题，肯定聊不到一块去。为了能跟孩子有共同语言，我儿子喜欢什么，我就得了解什么。比如他喜欢张杰和曲婉婷的歌，我就上网搜一些他们的歌听听。他喜欢看湖南卫视、动画片，我就跟着看。他喜欢读《哈里波特》，我就得翻翻大概内容。这样就很容易交流、沟通了。

## 二、如何看待孩子的学习和成绩

在这方面，我很赞成李世良校长的办学理念"首先成人，然后成材"。在这次其中考试的前几天，我儿子打电话给我："妈妈，跟你说个事你别生气，进入高中以来，前几次考试我都有作弊行为，因为同学或多或少都作弊，我也没办法，考试排名次，压力太大。但是从这次开始，我准备再也不作弊了。并且跟同桌打睹了。如果这次考砸了，开家长会时你可能很没面子，你怎么看？"我当时一听真有点生气，但是孩子已经真诚坦白了，我就不能再生气。我立即回答："我宁愿要你真实的成绩，也不要你作弊的高分。好好复习，只要努力了，考倒数也没关系。"因为我知道孩子一旦养成作弊的习惯，不利于孩子的成长，以后走向社会早晚也会吃亏。这次成绩出来了，我儿子没考好，但是他意识到自己学习上的不足，正准备发奋图强，更重要的是有了心态上的转变。这就是进步，我就得鼓励他，相信他。

我们常常这样对孩子说："你看人家多棒！班里前三名！""XX比你强多了！"无形中就给孩子带来了压力。所以孩子总喜欢把自己的成绩当作是家长的面子，这样的错位，我们当家长的应该有一定的责任。家长常常拿孩子的成绩和别人相比，而不是同孩子的昨天相比，这样容易打击孩子的自信心。说到这里，想起了一个故事，可能很多家长都知道，题目是《妈妈，在这个世界上，只有你欣赏我》。

孩子上幼儿园时，妈妈第一次参加家长会，幼儿园的老师说："你的儿子有多动症，在板凳上连3分钟都坐不了，你最好带他去医院看一看。"回家的路上，儿子问妈妈老师都说了些什么，她鼻子一酸，差点流下泪来。因为全班30位小朋友，只有他表现最差；只有对他，老师表现出不屑。然而她还是告诉她的儿子："老师表扬你了，说宝宝原来在板凳上坐不了1分钟，现在能坐3分钟了。其他的妈妈都非常羡慕妈妈，因为全班只有宝宝进步了。"那天晚上，她儿子破天荒吃了两碗米饭，并且没让她喂。

孩子上小学了。家长会上，老师说："全班50名同学，这次数学考试，你儿子排第40名，我们怀疑他智力上有些障碍，你最好能带他去医院查一下。"回去的路上，她流下了泪。然而，当她回到家里，却对坐在桌前的儿子说："老师对你充满信心。他说了，你并不是个笨孩子，只要能细心些，会超过你的同桌，这次你的同桌排在21名。"说这话时，她发现，儿子黯淡的眼神一下子充满了光，沮丧的脸也一下子舒展开来。她甚至发现，儿子温顺得让她吃惊，好像长大了许多。第二天上学时，去得比平时都要早。

孩子上了初中，又一次家长会。她坐在儿子的座位上，等着老师点她儿子的名字，因为每次家长会，她儿子的名字在差生的行列中总是被点到。然而，这次却出乎她的预料，直到结束，都没听到；她有些不习惯。临别，去问老师，老师告诉她："按你儿子现在的成绩，上普通高中没问题，考重点高中有难度。"她怀着惊喜的心情走出校门，此时她发现儿子在等她。路上她扶着儿子的肩膀，心里有一种说不出的甜蜜，她告诉儿子："班主任对你非常满意，他说了，只要你努力，很有希望考上重点高中。"

高中毕业了。第一批大学录取通知书下达时，学校打电话让她儿子到学校去一趟。她有一种预感，她儿子被清华录取了，因为在报考时，她给儿子说过，她相信他能考取这所学校。他儿子从学校回来，把一封印有清华大学招生办公室的特快专递交到她的手里，突然转身跑到自己的房间里大哭起来。边哭边说："妈妈，我知道我不是个聪明的孩子。可是，这个世界上只有你欣赏我……"这时，她悲喜交加，再也按捺不住十几年来凝聚在心中的泪水……

这是一个真实的故事，相信这个故事感动、教育着我们所有人。所以，我们要学会适时欣赏自己的孩子，不要只盯着考试成绩，不要总拿自己孩子的不足和其他孩子的长处相比，要看到孩子的优点，看到孩子的进步，经常鼓励和表扬孩子，给孩子以信心，如果孩子没有自信心，将一事无成。我们一定要相信自己的孩子一定能行。

## 三、如何安排孩子的大小休时间

冰心说过："让孩子象野花一样自由成长。"我们要给孩子适当的自由空间，孩子也是有思维、有主见的，有自己的兴趣和爱好，需要别人的尊重，我们也要从孩子的角度去分析和思考事情，不要以家长的权威独断专行，可以引导，但

不能强行安排孩子的生活和学习。

学校小休时，我基本上是让孩子自主安排，可以看看电影、打打球，或者参加社团的一些活动。我儿子喜欢唱歌，喜欢打球，经常参加学校组织的各项活动，对于高中生来说，这无疑占用了学习的时间，我也担心耽误了正常的学习，但是如果完全不让孩子参加，可能会影响到孩子学习的兴趣。针对这种情况，我和孩子多次交流，引导他正确对待课外活动和学习的关系，合理安排，突出重点。

学校大休时，我把他接回家，一部分时间由家长安排，比如找老师补补课，回老家看望老人等；一部分由他自由支配，爬爬山，打打球，补充睡眠，会见同学等等，都可以。现在多数孩子都是独生子，不能溺爱，但也不能过于严厉，要让孩子张驰有度，不能有太大的压力，要对学习和生活充满兴趣。兴趣不仅能转化为动力，还往往能引领孩子走向成年后的事业成功。

总之，我们能做为高二·九班的家长，由衷地感到幸运，因为这里有全校最优秀的老师们，他们不仅业务精通，经验丰富，而且平易近人，富有爱心；不仅传道授业解惑，而且教会孩子做人。我们的孩子在他们的精心培育下健康快乐地成长、进步着。我相信，各位家长和我的心情一样，对他们充满了感激。

最后我提议，让我们用热烈的掌声对他们的辛勤付出表示衷心地感谢！

2011.12

感悟

# 在家长委员会上的发言

尊敬的校领导、各位老师，各位家长：

　　大家好！非常感谢校领导和老师对学生教育工作的高度重视，也非常高兴能有这样一个机会，和大家共同学习、切磋、交流孩子成长的有关话题。我作为临沂一中学生的家长，由衷地感到幸运，因为这里集全市最优秀的教师，集全市最优秀的学生，特别是学校素质教育更侧重人性化，让孩子都有施展才能的舞台。我的孩子在这里学习近四个月了，变化很大，不仅收获了知识，展示了特长，提高了自理能力，而且学会了怎样做人。

　　作为家长，我认为，家庭教育没有神话，任何试图通过"一招一式"改变孩子命运的想法都是不现实的；家庭教育也没有统一的"模式"，一千个孩子就有一千部家庭教育学。但是，家庭教育却是有规律可循的！今天在这里，我谈不上什么教育经验，只是把自己对教育的一点思考和体会与大家进行探讨和交流。

## 一、培养孩子的三种本领

　　一是培养孩子良好的习惯。著名教育学家叶圣陶说："什么是教育，教育就是培养一种习惯。"足以看出习惯培养的重要性，习惯决定孩子的一生。而培养习惯的主要责任在于家庭，因为"家庭是习惯的学校，父母是习惯的老师"。我认为：首先应该培养孩子良好的生活习惯。包括规律的作息习惯，讲究卫生的习惯，合理饮食的习惯，文明礼貌的习惯，自立自信的习惯等等。其次要注重培养孩子良好的学习习惯。凡事不可三心二意，学就学个认真，玩则玩个痛快。

二是培养孩子的情商。情商是一个人感受、理解、控制和协调自我情绪、协调与他人关系的综合能力。培养孩子的情商，首先要培养孩子学会感恩、分享，这不仅是一种礼仪，更是一种健康的心态，也是一种社会进步、现代文明的体现。毕淑敏说："天下的父母，如果你爱孩子，一定让他从力所能及的时候，开始爱你和周围的人。这绝非成人的自私，而是为孩子一世着想的远见。不要抱怨孩子天生无爱，爱与被爱是铁杵成针的本领，就像走路一样，需反复练习，才会疾步如飞。"所以我们一定要让孩子学会爱，同时给孩子爱的机会，在乎孩子给我们的爱。孩子用心制作的卡片、图画，用零花钱买的小礼物等，我们一定隆重地接受并珍藏。这都是孩子稚嫩的爱心，你在乎它，它就会长大；你忽视它，它就会枯萎。学会了爱父母，才会爱老师、爱同学……常怀感恩之心，形成良好的人生态度。将来在学校里、社会上，才能更好地与周围人相处和合作。

三是培养孩子的责任心。责任心，是一个人日后能够立足于社会、获得事业成功与家庭幸福至关重要的人格品质。在家里，要有意识地交给孩子一些任务，锻炼孩子独立做事的能力。比如家长累了、病了，可以向孩子撒撒娇，让孩子去做一些力所能及的事务，让孩子知道自己是家庭中的重要一员，从中学会担当责任。也可适当地让孩子参与家庭事务

感悟

的决策，提出一些问题，引导孩子独立思考，大胆发表自己的见解。让孩子感到家庭的美满幸福，要靠父母和自己的共同参与，进而增强孩子对家庭的责任心。在学校里，要鼓励孩子积极参与班级事务，有特长的积极参与特长班的管理和活动，在承担中养成责任感。

## 二、对家长说的三句话

一是多称赞，少批评；多鼓励，少惩罚。批评中长大的孩子，习惯责难他人。惩罚中长大的孩子，总认为自己有罪。称赞中长大的孩子，懂得感恩。认可中长大的孩子，自信自强。

二是多信任，少严管；多放权，少施压。严管中长大的孩子，无法独立。施压中长大的孩子，常常忧虑。信赖中长大的孩子，信人信己。放权中长大的孩子，敢于担当责任。

三是多做好朋友，少做严长辈。规规矩矩中长大的孩子，保守胆小。言听计从的孩子，被动听话。轻松中长大的孩子，乐观向上。被尊重理解的孩子，爱人爱己。

以上是自己对家庭教育的一点粗浅认识，不当之处，还望各位领导、老师和家长多多批评指正。

在新年即将到来之际，衷心地祝福大家：事业家庭新年新气象，幸福指数更上一层楼！

2010.12

# 走出关爱的误区

　　看到演艺圈里越来越多的人与毒品结缘，无论是早已戒毒的影人贾宏声，还是正在吸毒的香港歌手杜德伟，或者更多的没被曝光的明星们，他们应该都了解毒品的危害之大，但依然禁而不止，不由得让人慌恐。那么是什么原因迫使他们吸毒？仅仅是环境的压力吗？不，我认为是他们的自制力差，是脆弱的心理原因。再比如艺人陈宝莲、张国荣等，在他们或失意或风光之时选择了自杀，这也是因为脆弱。当然脆弱的不止这些名人，越来越多的人开始面对脆弱的威胁。我之所以举几个名人的例子，是觉得这些风光占尽，衣食无忧的人在挫折面前更容易引发心理危机。如此，究竟是何种原因造成了人们脆弱的心理状态呢？这应该引起我们重视，并找一找根源。于是我想到了他们小时候所受的家庭环境的影响，亲人的溺爱或者家庭不健全的爱，势必会成为孩子耐挫力差的主要原因之一。因此，怎样爱孩子，怎样对待孩子的成功，才能让孩子健康、自信、坚强地成长，应该引起每个家长的反思。

　　凭心而论，当家长的哪个不爱自己的孩子呢？为了给孩子创造一个尽可能舒适的环境，我们心甘情愿地奔波，我们无怨无悔地付出，我们时刻为孩子撑起一片没有风雨的天空，我们甚至阻止着孩子好奇而喜欢探险的积极性。尤其是演艺圈里的人，大都从小就聪明伶俐、有艺术天赋、形貌俱佳，更是深得亲人的宠爱，为了培养他们的一技之长，家长们可能会不

感
悟

229

惜一切，要星摘星，要月得月，让鲜花与掌声陪伴他们长大……当然还不止这些，家庭的不同，具体表现出来的爱孩子的方式也不尽相同。总而言之，一切都源于"爱"孩子。

但是，仅仅爱孩子是不够的，这是连母鸡都会做的事情。这样的爱给孩子带来的也许只是生活上的养尊处优，是衣来伸手饭来张口的娇气，是面对困难与挫折所表现出来的茫然和脆弱。这种环境里长大的孩子，吃不了苦受不了罪，经不起复杂多变的生活的考验，适应社会能力较差，缺乏自主自强自信的精神和勇气。既便心存一技之长又如何？倘若一生平坦还好，但是竞争的日趋激烈不可能不给每个人带来生存的压力。怎样走出关爱的误区，怎样让孩子首先学会面对挫折，懂得自我缓解压力，这应该成为家长爱孩子的目的。

那么，怎样才能走出关爱的误区呢？这使我想起多年前看过的一部电视剧，具体的片名我记不清了，但是情节却还历历在目。剧里的男主角是一位在国际象棋方面非常突出的少年，从兴趣的培养到参加全省的比赛再到全国的比赛，直到一步步努力被选拔参加世界级比赛。每一次比赛归来，少年都能捧回一个金光闪闪的奖杯，然后交给父母。在少年参赛归来的瞬间，导演展示给观众的，没有按常理所见的亲人前去迎接少年、少年的兴奋、父母的惊喜、获奖后的宴请、记者的炒作等等，而是少年就像平常的出远门一样蹦跳着走进家门，冲父母一笑，说："爸妈，我回来了。这次比赛我得了第一名，这是奖杯。"然后妈妈接过奖杯，爸爸则表情淡淡地对少年说："儿子，到商店去买一瓶醋去。"儿子便顺从地去买了。妈妈

便有点心疼地责怪爸爸："孩子刚回家，你也不让他歇会，也不知道夸他一句。"爸爸则意味深长地说："看到儿子这么出息，我能不高兴吗？但是高兴归高兴，要放在心里，不能让儿子看出来。要以平常心对待每一个成功，这样才能培养他的良好的心理状态，不断取得进步。"（大意如此）剧中少年的父亲所表现出来的遇事宠辱不惊、疼儿不让儿知道的做法，想必会给观众带来很多感慨，身为家长的读者们大概也已经从中找到答案了吧。

教育家卢梭如是说："人们只想到怎样保护孩子，这是不够的，应该教他成人后怎样保护自己，教他经得住命运的打击，教他不要把豪华和贫困看到眼里，教他在必要的时候，在冰岛的冰天雪地或者马耳他岛的灼热的岩石上也能够生活。"在现在的独生子女家庭越来越多的情况下，愿天下父母都能成功地培养教育孩子，让他们健康、自信地成长，并以卢梭的话共勉。

2003.7.3

感悟

# 人的潜能

　　曾听过这样一个故事：泰国国王有一位美丽的女儿，到了该婚嫁的年龄时，国王想，一定要给女儿选择一位胆识过人的勇士。于是心生一计，遂对外张贴告示：某月某日，在某鳄鱼池边，国王将亲自为公主择婿，有意者请前往参加竞选。到了那天，鳄鱼池边人山人海，都摆出一副跃跃欲试的架势。国王开始宣布："现在，鳄鱼池内正放有数条饥饿的鳄鱼，谁有胆量跳入池中，再从这端游至对岸，本国王就将爱女许配于他。"言毕，来的人面面相觑，谁也没勇气跳入池中，因为一旦跳进去，无疑会成为鳄鱼的腹中物，谁敢拿生命去冒这个险呢？但是正在这时，却听见扑通一声，有人跳进了池中，围观的人紧张地注视着，只见几条鳄鱼张着大口从四面追过来，而池中人边同鳄鱼搏击边拼命地向对岸游去，就在人们惊魂未定之时，他已经快速地爬上了对岸。他赢了。国王兴奋地过来握住那人的手说："年轻人，真勇猛，公主就许配给你了！"谁知那人不但不知感谢国王大恩，反而急急地搜寻了一圈，然后盯着身旁的一个人，气急败坏地斥责道："你为什么要把我推进鳄鱼池里？！"

　　故事讲完了，结尾出乎人们意料地幽了一默，或许听故事的人笑了，但是笑过之后肯定会久久难忘。这个幽默并不轻松，它告诉我们：人的潜能是不可估量的，关键在于决定人体潜能被激活程度的压力。在那样一个关乎生死的恶劣环境里，

求生的欲望是如此强烈，如果你不全力以赴，你就会失去生命，恐惧、压力迫使你的潜能最大限度地爆发出来，结果便出现了奇迹。

前段时间深圳实行的政府雇员制，具有同样的道理。一般情况下，在一个环境里呆久了，就开始产生惰性，工作热情也开始锐减。如果适当地引进竞争机制，注入新的活力，或者更换一种全新的环境，那么，为了接受新挑战、适应新环境而不至于被淘汰，就必须努力，在努力的过程中，内在的一部分潜能就会逐渐被激活。正如哲人所说："陌生的环境会让人担心自己不能够适应，因此，充满恐惧感的他们便会更努力地工作，不断书写出陡峭的成长曲线。"

是的，生活是容器，人们就是容器里面的水，有什么样的容器，便会有什么形态的水。所以说，环境既可以改变人，也可以造就人，人的潜能是不可低估的！

2004.7.31

感悟

# 折 腾

生命的过程，其实就是一个折腾的过程。比如头发。

记得有人半仙似的总结过这样一句话：女人看男人从脚看起，男人看女人从头看起。没对此搞过民意测验，所以不能验证此话是否属实。但是如果说女人的万种风情源于头上，一点也不过分。可见头发之于女人的重要，女人习惯折腾头发也便成了无师自通的天性，而美发业在市场上经久不衰的发展趋势也就顺理成章了。

先说说俺这个个体吧。从记事起，俺的头发便是黑亮浓密，茂盛似韭菜。小时候，一直不会梳头，厚厚的头发也握不住，都是老妈给梳理，然后扎成麻花辫或马尾。后来上中学住校，懒惰贪睡，又没掌握伺弄茂盛头发的技巧，于是到理发店里"咔嚓"一剪子便成了短发，并且一留就是多年。那年月，从未想过在头发上做文章，青春活泼的短短一样悦人悦己，一样伴俺挥霍着单纯而快乐的年华。以为就这样洒脱到老，可是不知从哪一天开始，俺的头发也堕落为烦恼丝，并随着主人的心情而不断经受主人的折腾。

开始蓄意留起长发时，大街上正飘着那首《穿过你的黑发我的手》，受其浪漫意境的诱惑，未能免俗。后来看着身边的女子，一个个大谈特谈冷烫、热烫、离子烫，今天直发披肩，明天波浪翻卷，心中羡慕不已。也先后烫过几次发，从长烫到短，从蘑菇头烫到翻翘，基本屡试屡爽，只是未敢尝试烫波浪或金穗,怕浓密的头发膨胀起来势必成筐状。还不止如此,当大街小巷跳跃着色彩缤纷的头发时,俺也心血来潮扎进理发店里染了一头紫红头发……

脑袋上的这坨韭菜,几经折腾,发质显然失去了以前的自然亮泽,头发稍长还会开花,拂之,真是痛心疾首呵!唯独值得欣慰的是,依然浓密得令个别头上风景简洁的同志嫉恨。俺心想,留得韭菜在,不怕养不好。暂且让头发休养一段时间再做决定。

可是最近的一次冒然行动,提起来实在令俺羞愧。话说前些天,同事给了一张理发券,是新开业的"漂亮女人俱乐部"的,上面印着多项服务内容,当然主要是围绕头发的,看着看着就有些心痒难耐了。心想不能浪费了此券,去体验一下洗头的服务,顺便修剪一下头发吧。周末正好没事,开着车闲逛,却直奔俱乐部门口。理发师笑脸相迎,并声称"有一款时尚的造型,有一种新颖的发杠,有一种质量好的药水,有一位技术水平高的助理进行操作",然后盯着俺的头发足足看了有30秒,之后指着发型杂志的一页,并做专家状说:"给你设计个留海吧,绝对个性,绝对适合,价格从优。"看理发师目光坚定,言之凿凿,心想改变一下形象也不错,那天俺心情又好,再加上理发师的劝诱,稍犹豫了一下就听之任之了。谁知回到家后,遭到家庭成员一致孬评。儿子的意见最突出,他说看上去俺很幼稚,像他的同学,太可笑了。在单位里,同事不好意思直接反对,便含蓄地给俺改名"小芳"。短信告诉念丫,结果她毫不客气地回了句"农民"……

真失败,这三千烦恼丝啊!罢了罢了,就当体验生活,啥时高兴了,再重新设计一下。俺就不信整不出新花样!

再说说大众这个群体吧。如今,女人们逐渐喜欢标新立异,审美情趣愈来愈丰富,甚至丰富到令人讶异;自我表现意识愈来愈强烈,甚至强烈到令人惊叹;对美执着的追求愈来愈大胆,甚至大胆到令人发呆;这就促使了美发技术日新月异,

感悟

头上的风景精彩纷呈。有的色泽艳如鸟羽，有的造型飞泻如瀑，有的僵硬似铁，有的蓬松似草，有人喜欢追求欧洲风情，有人愿意保持本色情调，一头头看过来，确也不乏另类、时尚、个性、妩媚之处。遗憾的是只有一头秀发，弱水三千俺也只好舀一瓢饮，恁多风景面前也只能当个观众了。

　　不管怎样，多元化的头发标志着时代的进步，标志着人们审美意识的解放，应宽容待之。发丝牵系着故事也好，飞扬着梦想也罢，只要喜欢，折腾去吧。

2005.4.25

# 心之旅

　　一直很欣赏三毛那种边走边唱的生活方式，简单而洒脱，快乐又休闲。模仿不来，便渴望着行走，向着未知的方向。

　　五月的天空，格外清晰，既便偶尔高温，抑或偶尔小雨。天气的无常，隔不断游人的视线，阻不住游人的脚步。踏上旅程，便如开弓之箭，不再回头。用心承受气候变迁与人来人往，用心迎接旅途的黑夜与明天，用心体验行走的艰辛与乐趣。

　　并非熟悉的城市没有风景，往往是我们缺少一双发现风景的眼睛。时刻记住，景由心造。有多少双眼睛穿过相同的风景，就会有多少种不同的感受与情绪。所以无论踏进熟悉还是陌生，无论身处江南还是江北，无论穿行在沙漠还是森林，都不要对单纯的风景抱有太高视觉上的期望。把风景看淡，让心灵放飞，才能获得实质的愉悦。懂得了旅游的哲学，便掌握了快乐的秘诀。

感悟

## 二

　　像是预谋好的，假期里，意外接到 N 位十几年不见的老同学的电话。其实他们早已打探到我的现状，却在电话里又装腔作势地问询了一番。太多的感怀都在岁月的历练中慢慢平淡，流水般的日子逼着我们不得不走向成熟，同时也教会了我们善待自己，比如适时地冲着岁月撒娇与调侃。

那一对"革命"早成功的战友,利用读书时间完成了恋爱,置优越的条件而不顾来到偏远的地方发展,看到企业前景渺茫又果断地辞职单干,目前正夫唱妇随经营着一家不大不小的网吧。啧啧,不愧是文娱与体育联姻,时不时制造一些新闻。

我夸张着后悔的表情对平说,当初真傻,我应该骗个沿海的男同学的,这样我就可以名正言顺地拥有沿海城市户口,心安理得地享受温润的海洋气候了,嘿嘿。平在沿海城市一脸的坏笑。

敏的语气还是像当年一样的爽朗。她质问我为什么不算遥远却不创造机会见面,不是很忙却信息皆无。我说原因很简单,除了我懒散,就是我懒散。好在,以后俺尽量与组织保持一致。

细想多年来一直有种飘的感觉,心不能彻底地安定下来。当然这种飘也不是无原则的,不过是在找寻属于自己的位置。

暂且也算作一种经历吧。像树上的果子，不摘下来尝尝，就不知道果子的滋味是否适合自己的胃口。不管喜欢与否，扔掉也许是一种浪费，同时作为经验便成了一种财富。

不管选择怎样的生活，只要认真地去经历去品味，那些春天的花、秋天的风以及冬天的落日，发黄的相片、昨日的梦以及远去的笑声……不都是陪伴我们的风景吗？

## 三

人生亦如一场旅行，每个人都在不停地探索、行在路上。只是由于生活方式或者价值观、人生观的不同，造就了不一样的人生，有的鲜花多些，有的泥泞多些罢了。无所谓谁是谁非，也没有好坏判断标准。只要自己觉得舒适有趣，于自身就是最好的。

向前走吧，不必在乎目的地，尽情享受沿途的风景，就会有意想不到的收获。

2005.5.7

感悟

# 流年碎语

一

年华似水，流光偷换。岁月匆匆间，转眼又一年在手掌中溜走。当新的一年迈着袅袅的步履走来时，无论是向后回眸还是向前眺望，我想，每个人的心中都会有着或多或少的感念。那么，随意敲下几片零乱的文字，权作梳理一下心情，以新的姿态珍惜即将来临的一年吧。

二

有人把人生归结为三天：昨天、今天和明天。昨天已成过去，今天还在进行，明天眨眼即来。生命是如此的短促，来不及让人思索，便"咻"的一下匆匆而逝。如果你期待着有所收获，不要犹豫不要蹉跎。于最满意处否定，于最熟悉处放弃，于最成功处超越，战胜自己就意味着战胜了一切，最大的敌人就是自己呵。在人生的舞台上，倾情演好自己的角色，只要努力了，尽心了，即便天空没有留下鸟儿的痕迹，但我已飞过。

三

"人生有梦不觉寒"。人生可以没有信仰，但不可以没有梦想。梦是面对未来的承诺，梦是支撑心灵的期盼。也许你的梦如秋枫般色彩斑斓，也许我的梦如青藤般绿意盎然。不管怎样的梦，你喜欢，你的梦就很美。有梦的人生是精彩的，追梦的过程本身就是一种享受。或许曾经的旧梦最终会随着时光而云淡风轻，但是为了新的梦想依然要选择风雨兼程。

## 四

境由心造，事在人为。我们不能决定天气，但可以决定心情。其实快乐与忧伤，仅存于一念之间，或者一个转身的距离，关键在于你选择了哪个方向。世上没有什么是放不下的，要相信人生总在得失之间，得意时无须狂妄，失意时更无须叹惜。以一颗平常心，看着云霞卷舒，听着风声起伏，不也妙趣横生吗？

## 五

触目横斜千万朵，赏心只有二三枝。在生命的旅程里，有些歌永远不能忘，有些人永远值得等。那些生命中曾拥有过的感动，如深深的烙印锈刻在心底，只会越磨越亮，不会越抹越淡。岁月淘沙，最终沉淀下来的都将如珍珠般闪着晶莹的光泽，照亮生命的每一寸空间。

## 六

漂泊的路上，累了烦了，会忍不住想起一个叫"家"的地方。亲人，无疑是我们身心疲惫时最踏实的依赖。没有什么比亲情更温暖、透明、持久，没有什么比亲情更让人心安理得地给予或接受。无论厚重还是绵长，无论亲疏还是浓淡，总有一份亲情在某个角落守候着你，只要用心，就能感受到她的

感悟

气息。所以，趁着还来得及，拥有时一定要珍惜，不要因为亲近而忽略表达，不要留下"子欲养而亲不在"的遗憾。

## 七

关于爱情与婚姻的关系，理了怎多年也没理出头绪来。但是拨开生活的尘烟却明白了这样一个理：婚姻使两个人上了一条船，既然风雨同舟，就要同舟共济。必须承认，去除了生活中最初美丽、神秘的光影，一步步走至今天，少了几分燃烧的激情却多了几分面对琐碎生活的勇气，蒸发的些许爱情不知不觉间又转化为亲情，有失落但不会太多，因为总能量还是守恒的呵。

## 八

培根他老人家说过："在智慧提供给整个人生的一切幸福

之中，是以获得友情为最重要。"而拥有稳固的友情，也是现代人健康生活的标志之一。所以，随着年龄的渐长，愈发觉得真挚的友情是一杯醇厚的老酒，时时散发出醉人的浓香。细想这些年来，无论在起风的早晨、落雨的午后，还是微凉的夜晚，无论挤在匆匆的人群里、走在安静的街巷，还是端坐在电脑前，总有温暖在心头环绕，总有友情在心间缠绵。能与知心的人儿一起快乐着，忧伤着，日子是感性的、充实的、美好的。那些共享的倾心的旋律，那些互诉的生活的细节，那些关爱、那些牵挂，丝丝缕缕，都是世上最动人的语言。

## 九

日历勾往事，翻覆总是她，野草堪寻乐，泪眼莫问花！路仍在脚底，云还在天涯，当新的日历挂起的时候，祝福你，祝福我，祝福他，祝福所有的亲人朋友，祝福所有的人生，在前行的旅途中，坚定步伐，或者也摆出某个幸福的 pose，而笑嫣如花。

2005.12.29

感悟

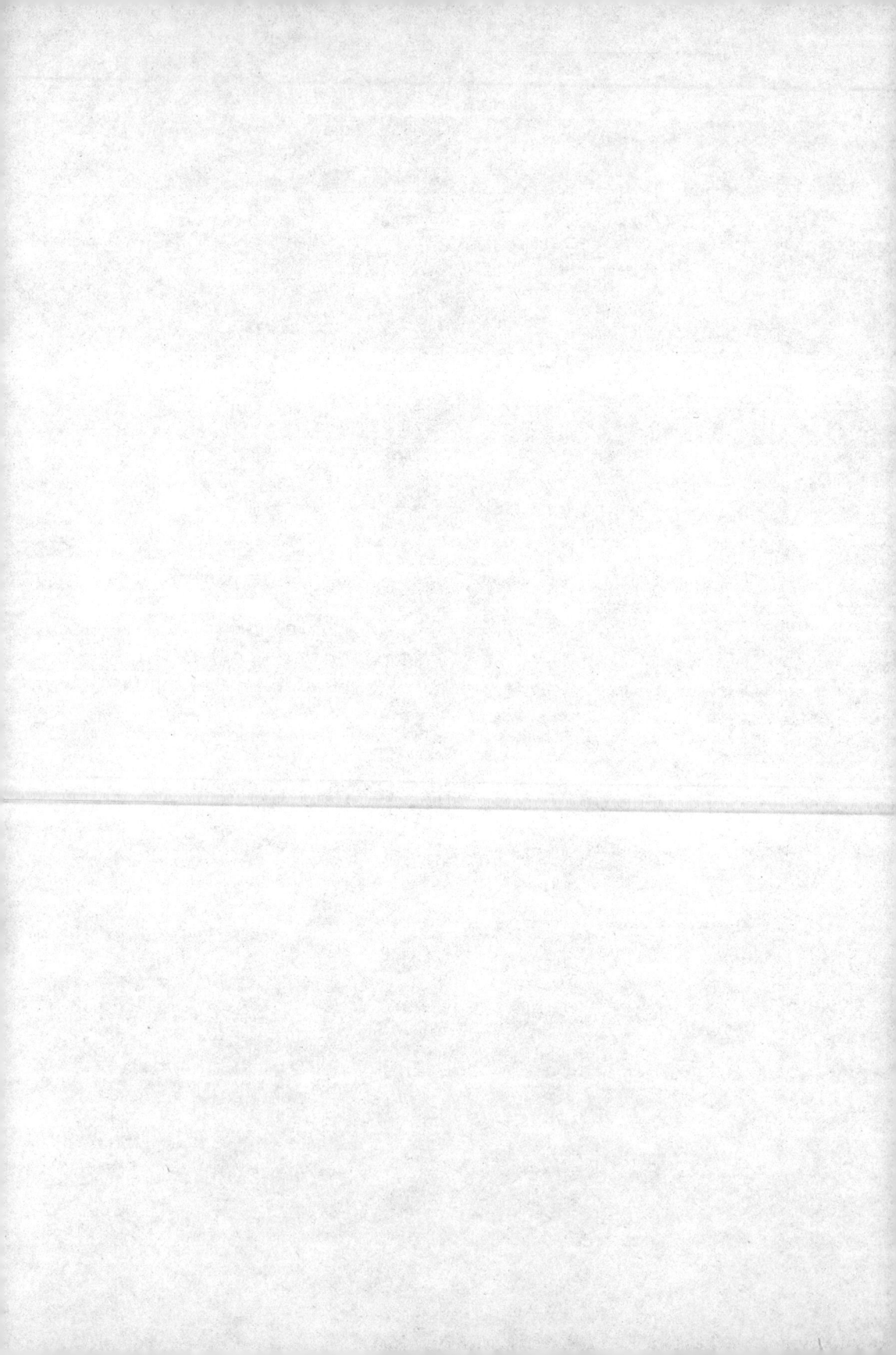